Le triomphe de Valérie

W0371180

DEBBIE MACOMBER

Le triomphe de Valérie

HARLEQUIN

Si vous achetez ce livre privé de tout ou partie de sa couverture, nous vous signalons qu'il est en vente irrégulière. Il est considéré comme « invendu » et l'éditeur comme l'auteur n'ont reçu aucun paiement pour ce livre « détérioré ».

Cet ouvrage a été publié en langue anglaise
sous le titre :
VALERIE

Traduction française de
FRANÇOISE HENRY

Ce roman a déjà été publié dans la collection
HORIZON (N° 1236)
en mai 1994.

HARLEQUIN®
est une marque déposée du Groupe Harlequin

Toute représentation ou reproduction, par quelque procédé que ce soit, constituerait une contrefaçon sanctionnée par les articles 425 et suivants du Code pénal.
© 1992, Debbie Macomber. © 1994, 2000, Traduction française · Harlequin S.A.
83-85, boulevard Vincent-Auriol, 75013 Paris — Tél. : 01 42 16 63 63
Service Lectrices — Tél · 01 45 82 47 47
ISBN 2-280-80674-6

1.

— Norah, c'est toi ?

La voix de Valérie Bloomfield monta d'un cran. Depuis une heure qu'elle essayait en vain d'obtenir sa sœur au bout du fil, son énervement était à son comble.

— Valérie, où es-tu ? Je t'entends mal...

— Dans l'avion, quelque part du côté du Nebraska. Enfin, je le suppose. Comment va papa ?

Norah marqua un instant d'hésitation, ce qui eut pour effet de transformer l'inquiétude de Valérie en panique.

— Norah..., commença-t-elle.

— Il va aussi bien qu'on peut l'espérer.

— Lui as-tu dit que j'arrivais ?

Valérie se trouvait à New York, en pleine réunion d'affaires, quand la nouvelle du malaise cardiaque de son père lui était parvenue. Norah avait d'abord appelé le bureau de Houston, et c'étaient eux qui l'avaient prévenue. Valérie avait alors sauté dans le premier avion en partance pour l'Oregon.

— Il le sait.

— As-tu pu joindre Steffie ?

Norah poussa un profond soupir.

— Oui, mais ça m'a pris des siècles. Tu n'ignores pas que mon italien est plus qu'approximatif. Elle fait son possible pour venir, mais le pays est paralysé par une grève des transports. En ce moment, elle se trouve dans un tout petit village perdu, à des kilomètres de Rome. Tu imagines la situation ! De toute façon, la ligne était si mauvaise que je ne comprenais pas la moitié de ce qu'elle me racontait.

Valérie eut un élan de sympathie pour Stéphanie, la cadette des sœurs Bloomfield. Ce devait être terrible d'être ainsi bloquée à des milliers de kilomètres, sachant leur père au plus mal.

— Quand arriveras-tu ? reprit Norah, anxieuse.

— L'avion atterrit peu après 18 heures.

— Veux-tu que j'aille te chercher à l'aéroport ?

— Inutile. J'ai loué une voiture. Je serai là vers 19 heures.

— Ne conduis pas trop vite, tout de même.

Valérie ne répondit pas ; elle avait bien l'intention de gagner l'hôpital en un temps record.

— Je t'attends, dit en soupirant Norah.

— Ne t'inquiète surtout pas, *kid*, ça va aller.

— C'est que je n'aimerais pas que, en plus, tu aies un accident.

— Je ferai très attention, promit Valérie, souriant malgré elle des propos si sages de sa sœur.

Après un bref au revoir, elle reposa le combiné sur son support et regagna son fauteuil à l'avant de l'avion. Les yeux fermés, elle essaya de se détendre, mais en vain. Ses pensées tourbillonnaient dans sa tête, et son pouls s'était mis à battre plus fort.

Son père était en train de mourir. Son père, cet homme qu'elle aimait tant, ne tenait plus à la vie que par un fil. Un impatient désir d'être près de lui, le plus tôt possible, la saisit ; si fort qu'elle ne se souvenait pas d'en avoir connu de semblable.

Dormir était hors de question. Valérie fouilla dans son sac à la recherche de ses comprimés contre les maux d'estomac. Elle en plaça un dans sa bouche et se mit à le mastiquer avec une fureur vengeresse.

Elle n'avait pas plus tôt avalé le médicament qu'elle se mettait cette fois en quête de bonbons à la menthe. Deux ans auparavant, elle avait cessé de fumer, et sucer des bonbons l'avait aidée à supporter le manque de nicotine. Cependant, si elle avait jamais eu besoin d'une cigarette, c'était bien maintenant. Ses nerfs étaient si tendus qu'elle avait la sensation qu'ils allaient se rompre.

Ce n'était pas possible. Non, pas son père; pas lui *aussi*. Valérie commençait seulement à se remettre du chagrin où l'avait plongée la disparition de sa mère, morte d'un cancer quatre ans plus tôt. Dans ces circonstances dramatiques, Valérie avait trouvé refuge dans le travail et gravi par la même occasion les échelons de la hiérarchie à une vitesse record. A présent, à vingt-huit ans, elle était le plus jeune cadre de la CHIPS, une compagnie de distribution de logiciels basée au Texas.

Son père avait réagi de la même façon qu'elle. Norah avait essayé de parler à sa sœur aînée de ce problème, car il n'était pas bon pour David Bloomfield de travailler ainsi sans se ménager, mais Valérie n'y avait guère prêté attention. Aujourd'hui, consciente qu'il aurait fallu tout tenter pour obliger son père à ralentir ses activités et prendre un peu de repos, Valérie s'en voulait amèrement de sa passivité. Elle regrettait de ne pas l'avoir poussé davantage à voyager, à rencontrer de vieux amis, à s'en faire de nouveaux. Depuis la mort de Grace Bloomfield, Norah n'avait pu convaincre leur père de quitter la Vallée des Orchidées qu'une seule fois, pour se rendre en Italie près de Steffie.

Et maintenant il luttait contre la mort à l'hôpital.

Pourtant, si Valérie ne l'avait pas mis en garde, c'était parce que... eh bien, parce qu'ils se ressemblaient trop, tous les deux. Etant donné que ç'avait été aussi la sienne, Valérie n'avait pas trouvé extravagante la manière de réagir de son père.

Avant qu'elle ait eu le temps d'y réfléchir, elle avait déjà englouti deux autres bonbons et un comprimé. Quand l'avion atterrit, elle fut la première à se précipiter sur la passerelle de débarquement ; puis, traversant le hall à toute allure, elle pénétra en coup de vent dans les bureaux de l'agence de location de voitures. Un quart d'heure plus tard, elle roulait en direction de l'hôpital de la Vallée des Orchidées.

Il fallut à Valérie cinquante-cinq minutes pour atteindre sans prendre trop de risques sa destination. Elle s'engouffra dans une place de parking libre, sans se soucier de savoir si elle était réservée ou pas. Sa seule et unique préoccupation était de se rendre au chevet de son père.

La première personne que vit Valérie en franchissant les doubles portes vitrées de l'hôpital fut Norah dont le visage aux traits crispés se détendit en l'apercevant.

— Oh, Valérie... Je suis si contente que tu sois là.

— Papa ? interrogea Valérie, la gorge serrée.

Si son père avait eu le front de mourir avant son arrivée, jamais elle ne lui pardonnerait...

— Il se repose.

Valérie étreignit sa sœur. Norah avait une mine épouvantable. Ses cheveux blonds, coupés au carré à hauteur d'épaules, avaient pris un mauvais pli, comme si une main nerveuse les avait rejetés en arrière un nombre incalculable de fois. Ses yeux bleus, habituellement si clairs, étaient rougis par les larmes et le manque de sommeil.

Valérie ne s'était guère reposée non plus, depuis qu'elle avait appris la nouvelle. Cependant, dans l'état de tension nerveuse où elle se trouvait, elle savait qu'elle ne s'accorderait pas une minute de répit avant d'avoir vu son père.

— Qu'est-il exactement arrivé ? demanda-t-elle tandis qu'elles se hâtaient vers l'ascenseur.

Le cliquetis de leurs talons sur le sol luisant lui rappela douloureusement d'autres visites, quatre ans plus tôt, quand sa mère était si mal. Ç'avaient été les mêmes déambulations de cauchemar le long des couloirs. Elle n'avait pas remis les pieds dans un hôpital depuis lors, et les souvenirs refluaient à présent avec une déchirante netteté.

— Après le dîner, papa s'est installé sous la véranda..., expliqua Norah d'une pauvre voix tremblante.

D'aussi loin que remontent les souvenirs de Valérie, tous les soirs, après le dîner, ses parents allaient prendre leur café sous la véranda de leur vaste maison de style colonial. Valérie les revoyait installés dans leurs fauteuils, se tenant parfois la main, chuchotant et riant tels deux adolescents. Très jeune, elle avait appris à ne pas troubler ces moments d'intimité. Seul l'hiver les chassait de leur refuge favori vers la flambée qui brûlait dans le bureau de son père.

— J'aurais dû tout de suite comprendre que quelque chose n'allait pas, poursuivit Norah. Depuis la mort de maman, papa ne s'était plus jamais installé sous la véranda. Le soir, il se rendait dans son bureau pour travailler à sa comptabilité.

Une fois de plus, le sentiment de sa culpabilité traversa Valérie. Norah lui avait pourtant tellement répété que leur père s'usait au travail ; pourquoi n'y avait-elle pas prêté attention ? En tant qu'aînée, elle se sentait terriblement responsable de ce qui s'était produit.

Le cœur de David Bloomfield était resté fragile depuis qu'une crise de rhumatisme articulaire aigu l'avait terrassé à trente ans. Il serait mort à cette époque si une jeune infirmière ne s'était trouvée là. Par son inflexible volonté, elle l'avait aidé à se tirer de ce mauvais pas. Et Grace Johnson était devenue sa femme et la mère de Valérie, Stéphanie et Norah.

— Je lui apportais une tasse de café, reprit Norah. Il m'a regardée et a souri... d'une façon... On aurait dit qu'il voyait maman.

— Souffrait-il ?

— Je le crois. Il était si pâle. Seulement, sa fierté lui interdisait de l'admettre. Je lui ai demandé ce qui se passait. Il a juste bredouillé qu'il était prêt.

— Prêt pour quoi ?

Norah détourna les yeux.

— Je ne sais pas, moi. Pour mourir, je suppose.

— Pour mourir ! s'exclama Valérie. C'est stupide ! Il a travaillé dur, il pourrait bien profiter de la vie à présent !

— Ce n'est pas moi qu'il faut convaincre, fit doucement remarquer Norah.

Elles avaient atteint le troisième niveau et sortirent de l'ascenseur. Le bureau des infirmières du service des soins intensifs se trouvait juste en face. Norah s'approcha de la réception.

— Betty, voudrais-tu prévenir le Dr Winston que ma sœur est arrivée ?

— Tout de suite, répondit la surveillante, une femme aux formes rebondies.

Même sans sa blouse blanche, Valérie aurait deviné qu'il s'agissait d'une infirmière ; ça se voyait à la compassion qu'exprimait son regard, ainsi qu'à l'assurance qui émanait d'elle. Norah avait la même façon d'être, tout comme leur mère avant elle.

Se rappelant sa petite sœur penchée sur une rangée de poupées couchées, le thermomètre à la bouche, Valérie réprima un sourire. Avec quel air de bonté passionnée elle les soignait, s'efforçant de leur apporter tout le réconfort dont elle était capable.

Ce don était inné chez elle, de même que chez leur mère. Bien qu'elle eût arrêté de travailler après son mariage, Grace n'avait cessé, sa vie durant, de prodiguer ses tendres soins à son entourage.

— Qui est le Dr Winston ? demanda Valérie.

Jamais elle n'avait entendu prononcer ce nom. Ce devait être un nouveau médecin. Seulement, la dernière chose dont son père avait besoin en ce moment, c'était de servir de cobaye à un quelconque praticien de campagne.

— Le Dr Winston a été formidable, répondit Norah. Sans lui, tu peux être sûre que papa serait mort.

Le visage de Norah s'était animé, son regard brillait.

— Je ne sais vraiment pas ce que je serais devenue sans lui. Je voyais que l'état de papa nécessitait des soins urgents, mais je savais aussi qu'il refuserait que j'appelle une ambulance. Et se disputer à ce sujet aurait été pire que tout.

— Alors, tu as téléphoné au Dr Winston ?

— Heureusement, je l'ai eu tout de suite en ligne. Il est immédiatement venu, prétextant une visite en passant. Au premier regard, il a compris que papa était victime d'une crise cardiaque. Il s'est donc assis près de lui sous la véranda, et ils ont bu une tasse de café.

— Comment ! Il a bu du café alors que papa était si mal ?

Vraiment, Valérie ne voyait pas ce que ce médecin avait de si remarquable.

— C'est ce qui lui a sauvé la vie. En discutant tranquillement, Colby a pu lui faire admettre qu'il souffrait et l'inciter à se rendre à l'hôpital de son propre gré.

Valérie demeura coite. Au fond, ça tenait debout. Le plus probable dans l'affaire était qu'elle cherchait quelqu'un sur qui rejeter la faute afin de soulager sa propre conscience.

La porte par laquelle Betty avait disparu un moment plus tôt s'ouvrit, et un homme grand et brun s'avança vers les deux sœurs. En dépit de la prévention qu'elle éprouvait à son égard, Valérie dut reconnaître qu'il possédait beaucoup de charme.

— Bonjour, dit-il d'une voix nette et grave. Je suis le Dr Winston.

— Valérie Bloomfield, répliqua cette dernière en lui tendant à son tour la main.

On lui avait appris à ne pas dévisager les gens ; dans le cas présent, pourtant, elle ne pouvait s'en empêcher. Le médecin de son père paraissait si jeune, il ne devait guère avoir dépassé la trentaine.

— Je ne voudrais pas me montrer impolie, dit-elle en évitant le regard de Norah, mais quel âge avez-vous ?

— Valérie ! gronda Norah.

— Je veux juste savoir depuis combien de temps le Dr Winston exerce la médecine. Enfin, Norah, tu n'as pas l'air de te rendre compte ! C'est la vie de notre père qui est en jeu, tout de même.

— Ce n'est rien, intervint le Dr Winston avec un sourire à l'adresse de Norah. Si David était mon père, j'agirais pareillement. J'ai trente-six ans.

Valérie avait du mal à le croire, mais elle pouvait difficilement exiger son extrait de naissance. Et puis elle se sentait si lasse, ce n'était guère le moment de discuter de ses qualifications.

— Comment va mon père ?

— Il se repose.

— Quand pourrai-je le voir ?

— Il serait préférable que vous attendiez un peu.

— Qu'est-ce que ça signifie ! s'écria Valérie. J'ai traversé la moitié du pays pour être avec lui ; il a besoin de moi ! Vous ne pouvez m'empêcher de le voir !

— Entièrement d'accord avec vous ; seulement il dort

calmement pour la première fois depuis son accident et je ne veux pas qu'on le dérange.

— Je crois qu'il vaut mieux attendre un peu, renchérit Norah d'un ton apaisant.

On aurait dit qu'elle redoutait une scène de la part de sa sœur. Cette dernière soupira.

— Bien sûr que je vais attendre. Je suis seulement un peu nerveuse.

— C'est bien compréhensible, dit le Dr Winston.

Il les mena jusqu'à une petite salle d'attente proche du foyer des infirmières et meublée d'un canapé plutôt usagé, de fauteuils et d'une table basse encombrée de magazines. Dans un coin se trouvait une cafetière électrique.

Norah s'assit la première, se couvrant la bouche pour dissimuler un bâillement.

— Depuis combien de temps es-tu ici ? s'enquit Valérie, comprenant sans attendre la réponse que Norah n'avait pas quitté leur père depuis son malaise. Ecoute, *kid*, tu vas rentrer te reposer. Je monte la garde.

Norah esquissa une grimace.

— Habituellement, je déteste que tu m'appelles *kid*, mais aujourd'hui ça me fait plutôt plaisir !

— Pourquoi ça ?

Valérie retint le geste de repousser une mèche tombée sur le front de sa petite sœur. Aucun instinct maternel ne l'animait, seulement le désir de protéger Norah, d'alléger autant que possible le fardeau qui pesait sur les épaules de la jeune infirmière.

— Tu peux me traiter en enfant tant que tu voudras, parce que c'est exactement ainsi que je me ressens de l'intérieur : une gosse dont l'univers s'écroule. J'ai peur, Val, vraiment peur. Nous avons été à deux doigts de le perdre, et il n'est pas tiré d'affaire.

— Je sais, murmura Valérie en serrant sa sœur contre elle.

La pauvre avait été seule pour affronter la terrible éventualité de la mort de leur père.

— Valérie a raison, ajouta le Dr Winston, vous devez prendre un peu de repos. Je promets de vous appeler si du nouveau se produit.

Norah acquiesça d'un signe de tête.

— Je vais essayer de dormir une heure ou deux, dit-elle en se frottant les yeux.

Valérie allait demander si sa sœur était en état de conduire, mais le Dr Winston la devança.

— Je vous appelle un taxi, dit-il en prenant Norah par les épaules pour l'accompagner jusqu'à l'ascenseur. Je reviens, ajouta-t-il à l'intention de Valérie.

Cette dernière se versa une tasse de café. Il était bien noir et fumant, juste ce qu'il lui fallait. Le besoin d'une cigarette fut si fort qu'à peine le Dr Winston rentré, elle lui demanda :

— Vous n'auriez pas un bonbon à la menthe, par hasard ?

— Je crains bien que non. Voulez-vous que j'essaie de m'en procurer ?

Valérie refusa d'un geste.

— S'il vous plaît, je voudrais connaître la vérité au sujet de mon père.

Ils s'assirent et, un quart d'heure durant, le Dr Winston expliqua patiemment de quoi il retournait. Bien qu'il s'efforçât de ne pas utiliser de termes trop techniques, une partie de son discours resta hermétique pour Valérie. Contrairement à sa mère et à Norah, jamais elle ne s'était sentie à l'aise dans l'univers médical. Elle détestait tout ce qui avait trait à l'hôpital ou aux médecins, haïssait l'idée de la maladie et savait qu'il en était de même pour son père.

— Il subsiste néanmoins un gros problème..., poursuivait Colby Winston, c'est que votre père a perdu le goût de vivre.

— C'est ridicule ! s'écria Valérie, il a son travail, il nous a !

— Mais il n'a plus votre mère.

D'un bond, Valérie se leva et se mit à arpenter la pièce. Le Dr Winston avait cent fois raison, elle devait bien l'admettre. La perte de sa femme avait laissé David Bloomfield anéanti et, tandis que ses sœurs et elle remontaient peu à peu la pente, leur père ne s'était jamais consolé de son veuvage.

— Que pouvons-nous faire ?

— L'entourer de tout votre amour. Un seul désir le maintient en vie, celui de voir ses trois filles réunies à son chevet.

— Dans ce cas, il vaut peut-être mieux qu'il ignore que je suis ici.

L'esprit de Valérie fonctionnait à toute vitesse. Elle échafaudait des plans. Il allait falloir jouer à cache-cache, louvoyer ; Norah trouverait bien des excuses. Enfin, non, pas Norah qui ne pouvait mentir sans devenir écarlate.

— Savez-vous mentir ?

Le Dr Winston ouvrait de grands yeux.

— Je vous demande pardon ?

— Si nous devons lui dissimuler mon arrivée, il faudra mentir.

— Mademoiselle Bloomfield ! s'écria-t-il, perdant pour la première fois patience. Il ne s'agit pas d'abuser votre père. Norah l'a prévenu de votre prochaine arrivée, il sait très bien à quoi s'en tenir.

— Steffie ! s'exclama Valérie.

— Allons, dit posément Colby Winston, ce serait reculer pour mieux sauter. Le fond du problème est que votre père n'a plus de raison de vivre. Il parle de votre mère à longueur de temps, comme s'il était pressé de la rejoindre. Il faut lui offrir quelque chose de concret à quoi se raccrocher, quelque chose qui lui donne envie de se battre.

Une fois de plus, Valérie dut admettre que le médecin avait raison.

— Il sait très bien que nous n'avons plus que lui ! s'écria-t-elle dans un élan de désespoir.

— Bien sûr, pourtant il se dit que vous pouvez toujours compter les unes sur les autres.

— C'est vrai, mais nous sommes si différentes ! Steffie ne rêve que de voyages et étudie la Renaissance italienne en Europe, et Norah ne jure que par la médecine. Même physiquement nous ne nous ressemblons pas !

Valérie avait conscience d'argumenter dans le vide. Elle n'avait qu'une seule idée : forcer le Dr Winston à maintenir son père en vie.

— Inutile de chercher à me convaincre, Valérie, dit-il doucement. De toute façon, je ferai mon possible pour que votre père s'en sorte.

Ravalant ses larmes, Valérie hocha la tête. C'était peut-être difficile, cependant, en tant qu'aînée des sœurs Bloomfield, elle devait se montrer forte. En cas de difficulté, tous les regards ne se tournaient-ils pas vers elle ?

Oui, mais aujourd'hui, c'était différent. Car l'homme qui gisait sur son lit, c'était son père. Celui qu'elle aimait et admirait au-delà de toute expression. Et loin de garder la tête froide, elle se sentait prise au contraire dans un maelström d'émotions.

— Je... je voudrais le voir... S'il vous plaît.

Elle se serait traînée à genoux pour l'implorer. Il lui fallait voir son père, tout de suite, s'assurer qu'il était vivant.

Le Dr Winston hésita un instant puis se leva.

— Attendez un instant, je reviens.

Quelques minutes plus tard, il était de retour.

— David est réveillé et vous réclame.

Dans son impatience à le voir, Valérie s'apprêta à bondir hors de la pièce. Le Dr Winston l'arrêta au passage.

— Avant que vous ne voyiez votre père, il faut que je vous prévienne...

Et il lui expliqua l'utilité des divers instruments auxquels David Bloomfield se trouvait raccordé. Ce qui n'empêcha pas Valérie d'être très impressionnée en se retrouvant devant son père. Il était environné de tant de tuyaux, tubes et appareils qu'on imaginait mal comment son corps pouvait supporter tout cela. Son visage était crayeux et ses yeux, habituellement si pleins de vitalité, demeuraient éteints.

— Oh ! papa, s'écria Valérie, retenant ses larmes.

Elle lui prit la main, attentive à ne pas déplacer l'aiguille de la perfusion.

— Valérie, je suis si heureux que tu sois là... enfin.

— Où voudrais-tu que je sois quand tu as besoin de moi ?

Elle essayait de plaisanter, mais elle dut essuyer furtivement une larme qui menaçait de couler.

— Elle est belle, n'est-ce pas ? dit David Bloomfield, s'adressant cette fois au Dr Winston, demeuré près de la porte. Mais qu'est-il arrivé à tes cheveux ?

— Je les ai fait couper. Aimes-tu ? demanda Valérie, surprise qu'il ait remarqué ce détail.

— Elle a le tempérament qui va avec ses cheveux roux ! expliqua M. Bloomfield au médecin.

— Mes cheveux ne sont pas roux, protesta Valérie, mais auburn !

— On dirait que tu ne les as pas coiffés depuis un mois.

— Mais, papa, c'est la dernière coupe à la mode ! J'ai payé assez cher pour ça !

— Tu devrais demander qu'on te rembourse.

La voix du malade était faible, comme s'il devait mobiliser toute son énergie pour parler.

— Au lieu de critiquer ma coiffure, tu ferais mieux de

te reposer, dit Valérie, s'efforçant de masquer son inquiétude.

Son père ne répliqua pas mais ferma les yeux et soupira.

— Je vais te laisser, dit Valérie, mais je serai tout près. Alors, si tu veux me demander pardon pour avoir pensé du mal de ma coiffure, tu n'as qu'à prévenir l'infirmière.

Le Dr Winston avait en effet recommandé à Valérie de ne pas passer plus de cinq minutes d'affilée près de son père.

Pour toute réponse, le malade lui sourit faiblement.

— Repose-toi, papa. Je suis là...

Colby Winston prit Valérie par le coude pour la guider hors de l'enceinte vitrée.

— Docteur ?

La voix de son père leur parvint, faible mais audible.

— Qu'y a-t-il, David ?

— C'est d'elle qu'il s'agit. Vous vous rappelez ce que j'ai dit, n'est-ce pas ?

— Parfaitement ! Maintenant, soyez sage.

— D'habitude, elle n'est pas coiffée comme un chien qui sort du bain.

— Papa !

Valérie se demandait ce qui se tramait entre les deux hommes, et, dès qu'ils furent hors de portée des oreilles du malade, elle posa la question.

— De quoi voulez-vous parler ? demanda à son tour Colby Winston, mais sans oser soutenir son regard.

— Que signifie cette expression : « C'est d'elle qu'il s'agit » ?

Le Dr Winston continuait d'éviter son regard.

— Dans le courant d'une conversation, David m'a fait part de son souci concernant ses filles.

— Qu'a-t-il dit ?

— Qu'il était très fier de vous trois.

— C'est normal, nous sommes ses enfants. Et à mon sujet ?

— Eh bien...

Colby Winston s'éloigna et, s'approchant de la fenêtre, contempla le ciel étoilé.

— Ecoutez, docteur, je ne suis plus une enfant. Vous pouvez me parler. D'ailleurs, si je pressais mon père de questions, il finirait par me répondre.

Bien que Valérie sache aussi bien que le médecin qu'un tel procédé serait néfaste à la santé de son père, la menace parut faire effet. Le Dr Winston toussota pour s'éclaircir la gorge.

— Il semble que ce soit votre cas qui le préoccupe plus particulièrement.

— Mon cas ? s'écria Valérie.

Des trois filles, elle était pourtant celle qui réussissait tout ce qu'elle entreprenait !

— Ça n'a pas de sens ! protesta-t-elle.

— Peut-être, mais...

— Pourquoi s'inquiète-t-il à mon sujet ? Et pourquoi ne m'en a-t-il pas parlé plutôt qu'à vous ?

— Pour un certain nombre de raisons.

— Que je suis impatiente de connaître !

— Votre père semble penser...

— Oui ?

— Que vous devriez vous marier.

Valérie ne put retenir un éclat de rire.

— En fait, poursuivit Colby Winston, l'air sombre, votre père semble penser que vous devriez vous marier avec *moi*.

2.

— Me marier avec vous ? répéta Valérie en écho, et son rire s'éteignit brusquement dans sa gorge.

Elle n'avait jamais rien entendu de plus absurde ! D'abord, elle n'envisageait d'épouser personne pour l'instant ! Sa vie était bien trop remplie pour qu'un homme y trouve sa place ; et puis, elle n'avait jamais eu l'âme romantique, pas même pendant ses années d'adolescence. Son père le savait depuis belle lurette et n'en avait jamais paru contrarié. Décidément, tout ceci était bien étrange...

— Ne vous en faites pas trop, dit gentiment Colby, c'est le genre de lubie qui passe par la tête des parents.

— Vous voulez dire que c'est une habitude chez vos patients d'essayer de vous caser ?

De nouveau, Colby Winston toussota d'un air gêné.

— Non, bien sûr ! Mais, dans le cas qui nous occupe, votre père attend la mort et, tout au fond de lui, je crois qu'il se sentirait l'esprit plus libre si l'une de vous trois était mariée. Et comme David et moi sommes amis, il me paraît normal qu'il ait pensé à moi...

— Pourquoi pas Norah ? Elle vous conviendrait bien mieux.

— Peut-être, répondit Colby en souriant vaguement. Il n'empêche que c'est votre nom qui revient sans cesse sur ses lèvres. Mais vous savez, il n'y a pas lieu de prendre tout ceci trop au sérieux.

— Entièrement d'accord ! Ce serait complètement fou.

— C'est peut-être en votre qualité d'aînée que David songe à vous marier, hasarda Colby.

— Ça se peut, répondit Valérie, même si, au fond d'elle-même, elle savait que ce n'était pas la vraie raison.

— J'aurais peut-être dû me taire, mais il m'a semblé préférable que vous soyez au courant. En tout cas, si votre père fait de nouveau allusion à ce mariage, ne le contrariez pas ; pour l'instant, tout au moins.

— Feindre d'être d'accord ? Vous plaisantez, j'espère !

Colby haussa les épaules.

— Vous connaissez votre père aussi bien que moi. Quand il a une idée en tête, il est difficile de l'en faire démordre. Il ne s'agit pas de lui mentir mais, s'il reparle mariage, ne protestez pas et essayez d'orienter la conversation sur un autre sujet.

— Je refuse de lui donner de faux espoirs ! Pas plus qu'à vous, d'ailleurs.

Valérie vit le Dr Winston avaler sa salive ; un éclair passa dans son regard, vite éteint. Une crampe tordit l'estomac de la jeune femme qui s'assit et chercha dans son sac un remède. Elle souffrait et se sentait complètement abattue. Et ce médecin qui ne se décidait pas à partir ! Il n'en avait sûrement pas fini avec elle ; on aurait dit qu'il cherchait ses mots.

Valérie réfléchissait. Si jamais elle songeait à s'établir, ce serait avec quelqu'un qui possède la même volonté de réussir qu'elle, un homme plein d'ambition, qui sache où il allait, et certainement pas avec un obscur médecin de campagne.

Non, si elle devait se marier, ce serait avec quelqu'un comme Rowdy Cassidy.

Le nom s'était imposé à son esprit avec une force qui

la déconcerta. Jusqu'à présent, Valérie n'avait pas eu conscience de l'admiration qu'elle portait à son employeur. Quinze ans plus tôt, sans le sou, Rowdy Cassidy avait monté son entreprise dans le garage d'un copain ; et, à présent, sa compagnie était devenue l'une des plus performantes sur le marché de l'informatique. Et bien qu'il ait gagné plus d'argent qu'on ne peut en dépenser dans toute une vie, il continuait de travailler dix à douze heures par jour, aussi exigeant avec lui-même qu'il l'était avec ses subordonnés.

— Ce qui arrangerait tout, reprit Colby Winston d'un ton neutre, ce serait que... euh... que vous soyez engagée ailleurs.

— Ça ne saurait tarder, répliqua Valérie en évoquant la haute stature de Rowdy.

Valérie et Rowdy, ça sonnait bien. Etrange qu'elle n'y ait pas songé plus tôt. Ils s'estimaient réciproquement et feraient de parfaits époux !

En y réfléchissant, Valérie se rendit compte que Rowdy recherchait sa compagnie. Cependant, elle était si acharnée à apporter les preuves de sa compétence qu'il ne lui était pas venu à l'esprit que Rowdy pouvait nourrir à son égard des sentiments autres que professionnels.

C'était trop bête ! Depuis des mois, elle avait nié l'évidence. Elle avait d'ailleurs pour cela des excuses, car Rowdy n'était pas exactement ce qu'on appelle un séducteur. Son physique était agréable, certes, mais ses façons brusques d'homme d'affaires texan auraient découragé les envolées les plus romantiques. Depuis qu'elle le connaissait, en tout cas, personne n'avait jamais évoqué la possibilité qu'il eût une liaison.

En outre, Valérie n'était pas elle-même spécialiste des grands élans du cœur. Délibérément, elle avait exclu la possibilité de tomber amoureuse. Ces sottises étaient bonnes pour ses sœurs ou ses camarades de classe, pas pour elle. Elle avait bien trop de projets en tête, d'ambitions à réaliser pour songer à s'installer définitivement dans l'existence.

— J'ai peur de ne pas comprendre...

La voix de Colby Winston tira Valérie de ses pensées.

— Quoi qu'il en soit, je vous déconseille de vous inventer un engagement fictif. David est bien trop fine mouche pour s'y laisser prendre.

— Je n'y songeais pas. Il s'agit de... d'un de mes collègues. Si je dois me marier, eh bien, ce sera avec lui.

Colby Winston parut tellement soulagé que Valérie aurait pu en prendre ombrage si elle n'avait été si préoccupée par l'éventualité d'une histoire d'amour entre Rowdy et elle.

— J'ai administré des sédatifs à votre père. Il va dormir toute la nuit. Aussi, si vous voulez rentrer chez vous...

— Pas question ! Pour rien au monde je ne quitterai mon père. Si je ne le vois pas, je veux être là au cas où quelque chose arrive.

— Je comprends.

Soudain, le médecin étouffa un bâillement, révélant pour la première fois son degré de fatigue.

— Je ne pourrai jamais assez vous remercier..., commença Valérie.

— Inutile ! Je vous verrai demain matin.

« Demain matin... », songea Valérie, une fois seule. Un désagréable sentiment de culpabilité l'assaillit. Le Dr Winston se montrait vraiment charmant, et pourtant... Dès le lendemain, elle se mettrait en quête d'un chirurgien de renom. Et, avant midi, il serait très improbable que ce médecin attentionné mais inexpert ait conservé son père comme patient.

⁂

La vie vous joue parfois de ces tours ! Colby Winston n'en revenait pas. Car, contre toute attente, Valérie Bloomfield lui plaisait. Elle était telle que son père l'avait décrite : pleine d'assurance, intelligente et belle. Et, sur le plan des relations affectives, exactement le genre que Colby Winston fuyait comme la peste.

Il aimait les femmes douces et féminines, pas les ambitieuses uniquement préoccupées de leur réussite. S'il se mariait, il choisirait une épouse qui accepte les contraintes de son métier, les heures passées en dehors du foyer, la tension émotionnelle, la perpétuelle intrusion du professionnel dans la vie privée.

En fait, il n'était pas aussi machiste qu'il y paraissait. Il reconnaissait à l'autre sexe le droit de poursuivre une carrière ; simplement, lui-même désirait une femme dont il serait tout l'horizon.

Et tant pis si ça pouvait paraître égoïste, c'était ainsi !

Pour cela, Sherry Waterman faisait exactement l'affaire. Depuis plus d'un an, ils entretenaient une liaison plutôt épisodique. La preuve : ça faisait presque quinze jours qu'ils ne s'étaient pas vus, sans que Colby sache trop pourquoi. Cependant, une chose était sûre : elle aurait fait une parfaite épouse de médecin. Pareil pour Norah Bloomfield, d'ailleurs. Et pourtant...

Pourtant, il ne pouvait envisager de passer le restant de son existence à côté de l'une comme de l'autre.

Puisqu'il en était à analyser ses sentiments pour Sherry et Norah, il pouvait tout aussi bien s'interroger sur son attirance pour Valérie Bloomfield. Ce n'était sûrement pas l'attaché-case qui lui tenait lieu de sac à main qui pouvait l'avoir séduit. Ni sa manie d'ingurgiter des comprimés pour l'estomac. Encore moins son tailleur gris dépourvu de fantaisie et tout juste bon à dissimuler les formes gracieuses de son corps.

Non, ce qui l'attirait, c'était le contraste qu'il devinait

en elle. Elle offrait toutes les apparences d'une personne calme et posée ; pourtant, Colby avait très bien remarqué la manière dont elle se mordillait la lèvre inférieure. Tout en s'efforçant de le cacher, cette femme était susceptible d'émotions intenses.

Il avait noté également la tendresse qui se répandait sur ses traits tandis qu'elle se penchait sur son père, ses efforts pour s'empêcher de pleurer et ses doigts tout tremblants quand elle avait pris la main de David.

S'était-il montré bien avisé en lui rapportant les propos de ce dernier ? D'ailleurs, il se demandait ce qui l'avait poussé à le faire. Sans doute une vague curiosité vis-à-vis de Valérie Bloomfield. Et puis, la réaction qu'elle avait eue l'avait intrigué. D'apprendre qu'elle était sur le point de se fiancer aurait dû régler la question. Ce n'était malheureusement pas le cas. Et, pour ce qui était de sa curiosité, elle était encore plus vive qu'avant.

L'arrivée de Norah, très tôt le matin, tira Valérie de sa torpeur. Trop fatiguée et anxieuse, elle n'avait que peu dormi. A l'aube, seulement, elle avait sombré dans un sommeil entrecoupé de mauvais rêves.

— Comment va papa ? demanda Norah en lui tendant un sac contenant son petit déjeuner.

— Toujours pareil. Je ne l'ai pas encore vu, mais j'ai parlé plusieurs fois avec l'équipe soignante.

— C'est comme ça depuis le début. On dirait qu'il se trouve sur la crête d'une montagne, prêt à basculer d'un côté ou de l'autre.

— Il vivra ! déclara avec force Valérie.

— J'espère de tout mon cœur que tu as raison.

— C'est sûr !

— Oh ! pendant que j'y pense, reprit Norah, s'asseyant en face de sa sœur, il y avait deux messages sur le répondeur. L'un est d'un M. Cassidy, de la CHIPS. C'est ton patron, n'est-ce pas ?

Valérie acquiesça de la tête. Elle avait sorti un croissant tout chaud du sachet et se servit une tasse de café.

— Que me veut-il ?

— Il a appris pour papa, et il voudrait savoir en quoi il peut aider.

Valérie sourit. Rowdy avait donc réussi à libérer un peu de son précieux temps pour elle. Le fait la convainquit que l'intérêt qu'il lui portait n'était pas purement professionnel.

— Qui d'autre a téléphoné ?

— Steffie.

Les épaules de Norah s'affaissèrent.

— La situation en Italie n'évolue pas. Elle est désespérée.

— Elle n'a pas encore quitté le pays ?

— Impossible. Apparemment, elle est toujours prisonnière de ce minuscule village où elle était allée passer quelques jours dans la famille d'une amie.

— Pourquoi ne loue-t-elle pas une voiture ?

— Les agences de location ont été prises d'assaut. Il ne reste plus un véhicule.

— Et ses amis ?

— A ce que j'ai compris, la plupart ont également pris quelques jours de vacances.

— J'essaierai de la joindre plus tard, dit Valérie, calculant d'un coup œil à sa montre quelle heure il était au Texas.

En téléphonant tout de suite, elle avait une chance de joindre Rowdy. Il ne demanderait certainement pas mieux que de chercher pour elle le meilleur chirurgien de l'Etat.

La cabine téléphonique de l'hôpital n'offrait guère d'intimité, mais, pour le moment, ça n'avait pas d'importance. Rowdy parut heureux d'entendre sa voix.

— Comment va ton père ? s'enquit-il après les salutations d'usage.

— Son état reste stationnaire.

— Je suis vraiment navré, dit-il. Si je puis me rendre utile...

— Justement, dit Valérie, baissant la voix pour ne pas être entendue, il me faudrait les coordonnées du meilleur chirurgien de cet Etat. De toute la côte Ouest, même. Mon père n'est pas en état d'être transporté, et je ne suis pas certaine qu'il reçoive dans ce petit hôpital les soins que nécessite son état. Il faut que je trouve un autre arrangement avant qu'il ne soit trop tard.

— Naturellement. Je m'en occupe.

Une fois de plus, un malaise diffus s'empara de Valérie. Colby Winston était incontestablement un médecin consciencieux, et elle allait froisser sa susceptibilité en lui retirant son patient. Seulement, pour l'heure, tout ce qui comptait, c'était la santé de son père, et si cela impliquait de blesser un ami de la famille, eh bien, tant pis.

— ... je te rappelle d'ici à une heure, disait Rowdy.

Valérie le remercia chaleureusement. Un instant plus tard, elle était de retour dans la salle d'attente où Colby Winston avait rejoint Norah. En les voyant tous deux, Valérie fut frappée de constater à quel point ils allaient bien ensemble. Curieusement, pourtant, elle n'en tira aucune satisfaction.

Norah souriait aux propos du médecin, et devant le regard qu'elle leva sur lui, Valérie se dit avec un serrement de cœur, que sa sœur était plus ou moins amoureuse de lui. Si elle l'avait deviné, son père avait dû également s'en rendre compte. Ne confondait-il pas ses deux filles, ce qui, étant donné les circonstances, aurait été compréhensible ?

— L'état de papa est stationnaire, dit Norah, apercevant sa sœur. Colby vient d'aller aux nouvelles.

— Bonjour ! dit aimablement celui-ci.

— Bonjour.

A cause de ce vague sentiment de culpabilité, Valérie ne put se résoudre à croiser son regard.

— Vous pouvez aller voir votre père si vous le désirez, mais cinq minutes seulement.

— Vas-y d'abord, proposa Valérie à Norah.

Elle pensait que le Dr Winston allait suivre sa sœur, mais il n'en fit rien. Tournant le dos à Valérie, il se servit une tasse de café.

— L'état de votre père nécessite une opération à cœur ouvert, dit-il lorsqu'il lui fit de nouveau face. Pour l'instant, son cœur est trop faible pour supporter un choc supplémentaire, mais nous approchons d'une crise grave. Vous et vos sœurs devez vous y préparer.

— Une opération ici ? Mais qui s'en chargera ?

— Moi-même, en tant que chirurgien du service de cardiologie. Il n'y a pas lieu de vous inquiéter outre mesure, cet hôpital compte parmi les mieux équipés d'Oregon, ajouta Colby d'une voix rassurante.

— C'est *le* mieux équipé que je veux pour mon père ! s'écria Valérie.

La jeune femme sentait ce que son intervention pouvait avoir de blessant, mais là où il y allait de la vie de son père, aucune autre considération ne devait compter.

Mais aussi, pourquoi Norah lui avait-elle caché que le Dr Winston était chirurgien ? Enfin, de toute façon, ça ne changeait rien au problème. Elle ne confierait son père qu'à l'homme le plus qualifié qu'elle puisse trouver. Cette résolution prise, elle s'efforça d'adopter un ton plus posé.

— S'il doit recourir à la chirurgie, ce sera fait. Mais pas ici. Pas quand il existe des hôpitaux mieux équipés et des chirurgiens...

— ... plus compétents, termina Colby Winston.

Valérie se raidit. L'explication devenait impossible à éviter.

— Exactement.

— Si ça peut vous rassurer de consulter mes références, Valérie, je vous les fournirai volontiers.

La jeune femme ne répondit pas. Son petit déjeuner commençait à lui peser sur l'estomac.

— Norah..., commença le Dr Winston.

— Vous en avez parlé avec elle ?

— A l'instant même. Quand vous étiez sortie.

Le fait heurta son amour-propre. Après tout, elle était l'aînée. C'était à elle de prendre les décisions.

— Si vous désirez un contre-examen, je n'y vois pas d'inconvénients. Je serai même heureux de vous fournir la liste de mes confrères susceptibles de se déplacer.

— Ce ne sera pas nécessaire, lui rétorqua froidement Valérie. Un ami doit me communiquer le nom des meilleurs chirurgiens cardiologues de la côte Ouest.

Un silence gêné tomba sur la pièce.

— Je comprends, dit enfin Colby Winston.

Surprise par son absence de réaction, Valérie lui jeta un regard en biais.

— Croyez bien que j'apprécie ce que vous avez fait pour papa, se crut-elle obligée d'ajouter. Norah m'a bien expliqué que, sans vous, il ne serait plus de ce monde. Je vous en suis reconnaissante plus que vous ne sauriez l'imaginer, cependant je veux mettre toutes les chances de son côté et j'irai pour cela jusqu'à recourir aux services d'un autre chirurgien.

Colby Winston accueillit ces paroles d'un sourire froid mais dépourvu d'animosité.

— Si David était mon père, j'agirais tout comme vous. Vous ne me blessez en aucune façon.

Le soulagement de Valérie fut immense.

— Dites-moi qui vous souhaitez consulter, reprit le médecin, et je m'entretiendrai avec lui.

— Merci, murmura-t-elle. Papa et Norah avaient raison, ajouta-t-elle comme pour elle-même.

— A quel sujet ? s'enquit Colby, déjà à mi-chemin de la porte.

Valérie leva les yeux.

— Ils disent que vous êtes formidable.

Leurs regards se croisèrent et, si fugitif que ce fût Valérie eut la sensation qu'une chaude compréhension s'établissait entre eux. L'instant d'après, il était parti.

Norah revint de sa visite à son père pâle et manifestement démoralisée. Elle prit lentement place dans le fauteuil, ses mains crispées l'une contre l'autre.

— Papa est plus mal ?

— Il est... si faible, dit Norah. Il parlait de la mort...

Elle dut s'interrompre, ses beaux yeux bleus remplis de larmes.

— Il ne va pas mourir ! dit Valérie avec véhémence.

— Il aurait préféré que Steffie et toi soyez mariées, « mais on n'y peut plus rien », a-t-il dit. Il a ajouté que ça le désole de ne pas voir grandir ses petits-enfants mais que...

— Norah, coupa brusquement Valérie, tu n'y crois tout de même pas ! Nous ne pouvons lui laisser dire des sottises pareilles !

— Il pense que tu devrais épouser Colby.

Valérie se rembrunit.

— Ce qui prouve qu'il raisonne mal. Si quelqu'un doit épouser le Dr Winston ici, c'est bien toi.

Les joues de Norah rosirent tandis qu'elle baissait pudiquement les yeux.

— Tout ce qui est de sexe féminin à l'hôpital est amoureux de Colby. Même les femmes mariées ont un faible pour lui. Il est si fort, tout en étant doux et attentionné. Que serais-je devenue sans lui ?

— Tu tiens beaucoup à lui, n'est-ce pas ?

Valérie ne comprenait pas pourquoi cette idée lui causait un indéfinissable malaise.

— Je ne suis pas amoureuse de lui, si c'est ce que tu veux savoir. Je l'admire énormément, comme chacun ici, et s'il m'avait fait la moindre proposition, je n'y aurais pas regardé à deux fois pour accepter, mais il ne l'a pas faite...

Valérie tournait dans la petite pièce comme un lion en cage.

— Ce que j'ai envie d'une cigarette ! grommela-t-elle, sans savoir si ce brusque besoin était causé par la maladie de son père ou par la révélation de l'attachement de Norah pour Colby Winston. Je ne suis pas restée inactive ce matin, reprit-elle sans regarder sa sœur. J'ai demandé à Rowdy Cassidy de me fournir les coordonnées du meilleur chirurgien de la région. Pour papa, il faut...

— Tu as fait *quoi* ? s'écria Norah en bondissant sur ses pieds.

— Si tu crains que je n'aie blessé le Dr Winston dans son amour-propre, rassure-toi. Nous en avons parlé ensemble, et il est tout à fait d'accord pour avoir l'avis d'un confrère.

— Mais Colby enseigne à l'université de Portland ! C'est *le* meilleur chirurgien de...

— ... de la Vallée des Orchidées.

Valérie eut un élan de pitié pour sa jeune sœur. Son univers était si étroit qu'il se limitait à sa petite ville natale. Que pouvait-elle connaître de l'immensité du monde, hors des flancs de cette vallée et de leurs deux cents hectares de pommiers ?

— Colby est un des meilleurs spécialistes en chirurgie cardio-vasculaire de tout l'Oregon, insista Norah sans chercher à dissimuler son irritation. Te rends-tu compte de ce que tu as fait ? Tu as insulté un des hommes les plus compétents de sa discipline !

— Je n'ai insulté personne ! Et puis, au départ, je croyais qu'il s'agissait d'un médecin généraliste. De toute façon, qu'il soit le meilleur chirurgien de la région ne change rien au problème. Ce qu'il faut pour papa, c'est le meilleur que nous puissions trouver. Ne peux-tu admettre ça, et oublier ces histoires d'affront fait à ton petit ami ?

Les yeux de Norah s'ouvrirent démesurément. Son visage exprimait mécontentement et tristesse. Sans un mot, elle quitta la pièce, laissant Valérie à ses remords. En réalité, ses paroles avaient dépassé sa pensée. Elle n'avait pas voulu se montrer aussi dure. Sous-entendre que Colby et Norah étaient liés par autre chose qu'une simple amitié était bas, ce qui prouvait à quel point elle était nerveusement affectée par les récents événements.

Lorsque le téléphone du couloir sonna, Valérie bondit. Avant même d'avoir décroché, elle savait qu'il s'agissait de Rowdy Cassidy.

— Allô, dit-elle d'une voix un peu essoufflée.

— Valérie ? C'est Rowdy ! Ecoute, tu as de la chance. Il y a un très bon chirurgien près de chez vous, externe à l'université de Portland. Il paraît qu'il a mis au point de nouvelles techniques. J'en ai parlé à trois sommités médicales qui le recommandent unanimement.

— Parfait !

Valérie fouilla dans son sac à la recherche d'une feuille de papier et d'un crayon et s'appuya au mur pour se préparer à écrire.

— Je suis prête, annonça-t-elle.

— Il s'agit du Dr Colby Winston.

La main de Valérie retomba ; elle se retourna pour s'adosser au mur.

— Le Dr Colby Winston..., répéta-t-elle.

— J'ai ici son numéro de téléphone.

— Inutile, Rowdy, dit-elle, ravalant son humiliation. Je l'ai déjà.

Eh bien, elle pouvait être fière d'elle ! En moins de vingt-quatre heures, elle avait réussi à créer un beau gâchis. Sa sœur était furieuse, elle avait blessé un ami dévoué de la famille et mis plus bas que terre un chirurgien réputé.

« Bravo, Valérie..., constata-t-elle amèrement. Avec la meilleure volonté du monde, tu n'aurais pu faire pire ! »

3.

— Steffie ?

Les paupières de David Bloomfield battirent ; il ouvrit les yeux pour découvrir sa fille aînée penchée sur lui.

— Elle ne tardera plus, dit-elle.

Il paraissait si faible que le cœur de la jeune femme se serra douloureusement. Elle aurait voulu lui crier de se battre, de s'accrocher à la vie avec cette énergie dont il avait toujours fait preuve... C'était impossible, bien sûr, Valérie le savait. En deux jours, elle avait énormément appris sur le fonctionnement du cœur humain.

Colby s'était efforcé de rendre ses explications aussi claires que possible. En résumé, à la suite de son malaise, le cœur de David Bloomfield ne jouait plus efficacement son rôle de pompe ; les vaisseaux distendus par le surcroît d'effort qui leur était imposé laissaient filtrer du sang dans les poumons, ce qui gênait la respiration. Et, au fil des heures, cette situation ne faisait qu'empirer.

— Je... je ne tiendrai plus bien longtemps...

— Bien sûr que si ! dit avec force Valérie qui refusait de se laisser aller au découragement. Tu nous as toujours promis que tu vivrais assez vieux pour devenir un fardeau pour nous, tu te souviens ? Il te reste des années à vivre, papa, entouré de tes enfants et petits-enfants.

David Bloomfield s'efforça de sourire.

— Tu n'es pas encore allée à la maison, chérie...
— Rien ne m'y attire si tu n'y es pas.
Prenant bien garde à ne pas déplacer la perfusion, Valérie caressa tendrement le dos de sa main.
— Remets-toi, je t'en prie. Nous avons tellement besoin de toi.
Le malade ferma les yeux et une terrible envie de pleurer saisit Valérie. Courageusement, elle parvint à refouler ses larmes, mais sa gorge demeurait obstruée par une boule. Sur ces entrefaites, Colby pénétra dans le box. Les sourcils froncés, il examina la feuille de soins.
— Il va dormir maintenant, dit-il en prenant le bras de Valérie pour la guider hors de la pièce.
— Que lui arrive-t-il ? interrogea Valérie, quand ils furent dans le couloir. Pourquoi s'affaiblit-il ainsi ? C'est terrible, on dirait que la vie s'écoule de lui. Ne pouvez-vous vraiment rien faire ?
Valérie avait conscience du ton presque hystérique sur lequel elle s'exprimait. « Tant pis », se dit-elle. Et tant pis si elle se montrait égoïste en voulant que son père vive alors qu'il ne désirait que mourir. Elle l'aimait tellement ! Elle avait tellement besoin de lui, tout comme Steff et Norah.
— Nous faisons tout notre possible, assura Colby.
— Eh bien, ce n'est pas suffisant !
— Valérie, croyez-moi, j'aime ce vieux sacripan. Je ne veux pas plus le perdre que vous.
D'une main ferme, Colby poussa Valérie vers l'ascenseur.
— Venez, je vous offre une tasse de café.
La jeune femme faillit répliquer qu'elle pouvait se servir au percolateur de la salle d'attente ; cependant, après réflexion, il lui parut que Colby avait raison de l'inciter à sortir de l'hôpital, même si la cafétéria ne se trouvait qu'à quelques mètres de là.

La vaste salle était presque vide à cette heure. Colby n'avait pas déjeuné. Tandis qu'il posait sur son plateau une salade verte, un sandwich au poulet et un café, Valérie se contenta d'une bouteille de jus d'airelle. Bien qu'elle ait très peu mangé ces dernières heures, elle n'avait absolument pas faim.

Leur plateau à la main, les deux jeunes gens se dirigèrent vers le fond de la salle. Valérie remarqua que Colby choisissait une table à l'écart, et l'anxiété fondit sur elle. Il l'avait amenée ici pour lui parler, la placer devant l'inévitable.

— Papa va mourir, n'est-ce pas ? demanda-t-elle, incapable de différer davantage ce terrible instant.

Colby leva sur elle un regard étonné.

— Pas si je peux l'en empêcher, en tout cas. Qu'est-ce qui vous fait dire ça ?

Valérie se laissa aller contre le dossier de sa chaise, si soulagée qu'elle eut du mal à se retenir d'éclater en sanglots.

— Je croyais que vous... que vous vouliez me parler.

Les mains encore tremblantes, elle versa un peu de jus de fruits dans son verre.

— Il ne mourra pas, dit Colby d'une voix si âpre que Valérie comprit que sa détermination était égale à la sienne.

— Depuis combien de temps connaissez-vous papa ?

— Quatre ans, maintenant.

A la réflexion, Valérie se souvenait vaguement d'avoir entendu prononcer son nom, mais sans se rappeler dans quelles circonstances. Il fallait dire que, prise par ses occupations, elle n'honorait que rarement sa famille de ses visites. La dernière remontait au moins à six mois. Mais, en contrepartie, elle téléphonait toutes les semaines...

— J'ai connu David juste après la mort de votre mère, quand il a fait cette donation à l'hôpital, en son nom.

Valérie savait que son père avait contribué à l'édification de la nouvelle aile, celle qui, par une curieuse ironie du sort, l'abritait maintenant dans son service de soins intensifs.

— Depuis lors, nous nous rencontrons régulièrement. Pour jouer aux échecs, par exemple.

— Vous arrive-t-il de le battre ?

Colby esquissa une grimace plutôt comique.

— Pas souvent !

Ayant été à bonne école, Valérie jouait elle-même assez bien aux échecs. Plus tard, quand ce cauchemar serait terminé, peut-être lancerait-elle un défi à Colby... Puis elle songea que c'était une idée bien étrange que de supposer qu'ils continueraient de se voir.

— Il est très fier de vous, déclara Colby en ôtant l'emballage de son sandwich.

— Il vous parlait donc de moi ?

— Chaque fois que l'occasion s'en présentait !

Valérie s'était redressée ; elle le dévisagea d'un air narquois.

— Ainsi, son idée de nous marier n'est pas récente ?

— Sans doute pas. Mais il ne s'y accroche avec cette force que depuis son malaise.

— Vous deviez être curieux de me voir.

— Un peu, admit-il.

— Et quelles sont vos impressions ?

Colby haussa les épaules d'un air désabusé.

— Voilà qui n'éclaire guère ma lanterne, se plaignit-elle.

— Vous êtes telle que votre père vous a décrite, et même davantage.

Valérie eut la très nette impression qu'il voulait lui faire plaisir et mettre le plus rapidement possible un terme à cette conversation. Car elle n'avait pas vu briller la moindre admiration dans son regard, et, si elle lui plaisait, il le cachait bien ! La vérité était qu'elle aurait souhaité le fasciner, et tout cela parce que, en dépit d'elle-même, de leurs débuts maladroits et de ses projets vis-à-vis de Rowdy Cassidy, Valérie ne pouvait écarter Colby de ses pensées.

D'un point de vue strictement objectif, Valérie se savait séduisante. Et peu importait que sa coiffure déplaise à son père ! Cette exubérance de mèches courtes et rousses mettait en valeur l'ovale de son visage et la nuance peu commune de ses yeux gris-vert.

Son regard était certainement son meilleur atout, encore que sa bouche expressive n'en soit pas un des moindres. En outre, elle était grande, si grande que lorsqu'elle portait des chaussures à talons, aucun homme ne pouvait la regarder de haut, ce qu'elle considérait comme un avantage certain.

— Pourtant, reprit-elle, vous ne m'appréciez pas.

La remarque le prit au dépourvu. Il hésita, puis son visage se ferma.

— Ce n'est pas ça.

— Je vous impressionne, peut-être ?

— Pas exactement.

— Alors, qu'y a-t-il ? Ne faites pas cette tête, je ne vais pas tomber amoureuse de vous ! Comme je vous l'ai dit, j'ai déjà quelqu'un en vue. Non, je vous questionne par simple curiosité.

— Que voulez-vous exactement savoir ?

— Quels sont vos sentiments à mon égard.

Les traits de Colby Winston se durcirent. Apparemment, il n'avait pas l'habitude que les femmes se montrent si directes. Pourtant, Valérie, qui n'était pas fille à s'embarrasser de nuances, avait toujours appelé un chat un chat et s'en était toujours bien portée.

— Je pense que vous êtes douée pour affronter les hommes sur leur terrain.

— Ce qui signifie que je fais bon marché de ma féminité ?

Les lèvres de Colby prirent un pli dur.

— Vous excellez également dans l'art de faire dire aux gens ce que vous avez envie d'entendre !

— Ça peut arriver, admit-elle.

— Certainement !

— Bref, vous ne savez trop quoi penser de moi ?

— Au contraire. Je l'ai su à la minute où nous nous sommes rencontrés.

Comme il se taisait, Valérie dut l'encourager pour en savoir plus.

— Eh bien ?

— Vous êtes brillante et pleine de charme.

— Je vous remercie infiniment !

Cependant, Valérie n'était pas satisfaite. Il se montrait si froid, ses propos étaient tellement dépourvus d'émotion ! Rarement, elle avait rencontré un homme aussi... — elle chercha le mot —, aussi maître de lui. En face d'elle, il semblait se replier sur lui-même, comme s'il éprouvait le besoin de se protéger.

Valérie pouvait se montrer parfois dominatrice et autoritaire, mais jamais elle ne restait insensible. Non, elle était seulement directe. C'était d'ailleurs un point qu'ils avaient en commun ; tous deux étaient des professionnels pleins de sagesse et d'expérience. Seulement, évidemment, Colby préférait mettre l'accent sur leurs dissemblances.

Il avait été bon pour elle, pourtant la jeune femme sentait que, placé dans des circonstances analogues, il se serait montré compatissant pour tout autre. Certitude qui, par ailleurs, le faisait grimper dans son estime. Alors, pourquoi s'obstinait-elle à vouloir ce qui n'était pas ?

Vaincue, Valérie soupira.

— Très bien, docteur. Si nous parlions de mon père...

⁂

Quand Valérie revint de la cafétéria, elle trouva Norah endormie sur le canapé. Précautionneusement, elle posa une couverture sur elle, se demandant pourquoi sa sœur n'était pas restée à la maison. En dépit de la délicatesse de son geste, Norah tressaillit et ouvrit les yeux.

— Bonjour, la Belle au bois dormant ! dit gentiment Valérie.

— Où étais-tu ?

Norah s'assit, écartant ses cheveux de son visage, et Valérie vit qu'elle avait les paupières gonflées comme si elle avait récemment pleuré.

— Avec Colby, à la cafétéria.

Norah ne sembla pas surprise.

— Il n'avait pas déjeuné, je l'ai accompagné et nous avons parlé, reprit Valérie.

— J'étais si triste au sujet de ce matin. Tu comprends, j'étais bouleversée, et d'apprendre que tu mijotais un sale tour dans le dos de Colby m'a rendue furieuse. Et puis, j'ai réfléchi, et je me suis rendu compte que j'aurais dû t'expliquer plus clairement de quoi il retournait.

Norah soupira.

— Ça me paraissait si bizarre que tu ne m'aies pas consultée avant de prendre ta décision.

— Si je l'avais fait, je me serais épargné bien des ennuis, dit Valérie, amère. Oublie tout ça, *kid.* J'étais moi-même troublée.

— Si jamais nous devons nous serrer les coudes, c'est bien maintenant.

Valérie hocha la tête. Norah arborait une mine pitoyable. Venant s'asseoir à son côté, elle passa un bras protecteur autour des épaules de sa sœur.

— Je voudrais que Steffie soit là, murmura Norah.

« Moi aussi », pensa Valérie. Toutefois, d'un autre

côté, elles ne pouvaient se plaindre de son absence. C'était certainement le désir de la revoir qui tenait leur père en vie.

— De quoi avez-vous parlé, Colby et toi ? demanda Norah, la tête sur l'épaule de Valérie.

— De papa.

— Qu'a dit Colby ?

Valérie hocha tristement la tête.

— Il semble qu'il ne puisse attendre que les problèmes pulmonaires soient réglés pour opérer.

— Si Colby opère dans ces conditions, les chances de survie de papa sont extrêmement réduites !

Lorsque Colby lui avait fait part de sa décision, Valérie avait réagi avec la même violence. Alors, sur une serviette de papier, il avait tracé maints croquis explicatifs, et il avait patiemment répondu à ses questions. Et même si cela ne laissait que peu de chances à son père, Valérie avait compris et admis le point de vue du chirurgien. Elle priait pour qu'on n'en arrive pas à cette extrémité mais, au fil des heures, l'éventualité de l'opération devenait de plus en plus probable.

— Peut-être, mais sans opération, elles seront bientôt nulles.

— C'est vrai... mais, oh ! Valérie, je ne peux imaginer la vie sans papa.

— Je sais, dit Valérie, caressant doucement les cheveux de sa sœur.

— Colby n'est-il pas formidable ? demanda Norah quelques instants plus tard.

Valérie acquiesça d'un signe de tête. Il l'avait convaincue que la chirurgie, avec tous les dangers qu'elle comportait, était la seule issue. Valérie sourit. Pour la première fois depuis son arrivée, un faible espoir naissait dans son cœur ; et cela, grâce à Colby.

— Tu comprends à présent pourquoi tout le monde l'aime ?

— Oui.

Certes, tout le monde l'aimait, mais elle ? En dépit de ses efforts, Valérie n'avait pu le faire réagir dans le sens souhaité. Et pourtant, plus il s'accrochait à sa réserve, plus elle désirait le provoquer. Son indifférence la blessait. Car, malgré tout, elle ne pouvait s'empêcher de penser que, sous cette apparente impassibilité, Colby cachait une nature passionnée.

Colby souriait ; il souriait depuis qu'il avait quitté l'hôpital. Il ne savait trop pourquoi il avait invité Valérie à l'accompagner à la cafétéria. Quoique, à la réflexion, ce ne pouvait être que parce que... eh bien, parce qu'il se plaisait en sa compagnie. Jamais il n'avait connu une femme aussi désireuse d'analyser ses sentiments. Elle était franche et directe. Pour cela, on pouvait dire qu'elle ne s'embarrassait pas de détours ! Et puis... et puis enfin, elle était intéressante. Non que Sherry ou Norah soient ennuyeuses, mais c'était totalement différent.

Avec Valérie, il devait toujours être sur ses gardes. Elle ne tenait rien pour acquis, mais décortiquait les choses jusqu'à ce qu'elle soit satisfaite. Il l'admirait pour cette opiniâtreté. Et il n'y avait pas que ça... Au fond, c'était une femme qu'il aurait pu finir par aimer.

Décidément, fallait-il qu'il soit fatigué pour avoir de pareilles pensées ! Il avait trop écouté ce farceur de David Bloomfield. Que pourrait-il y avoir entre Valérie et lui ? Elle n'était pas son type de femme. Plus grave : jamais elle ne supporterait de revenir vivre dans la Vallée des Orchidées.

De cela, ils étaient tous les deux conscients.

⁂

Le lendemain matin, Norah restant sur place, Valérie se sentit d'humeur à quitter l'hôpital. Un peu émue, elle prit la route qui conduisait à leur domaine, à quelques kilomètres de là. Une longue allée menait à la grande maison blanche perdue au milieu de l'océan de fleurs roses teintées de blanc des pommiers. Elle s'arrêta quelques instants pour en humer le parfum suave. Tant de souvenirs restaient liés à cet endroit...

Enfin, Valérie atteignit la maison aux élégantes colonnades et à la façade ornée d'un fronton triangulaire. Chez elle. Elle était chez elle... L'odeur familière de bois ciré et de tentures chauffées par le soleil la saisit. Elle se serait volontiers laissée aller à rêver, et il lui fallut se secouer pour monter sa valise dans son ancienne chambre, prendre une douche et échanger ses vêtements de ville contre un jean et un sweat-shirt.

Quand elle reprit le chemin de l'hôpital, Valérie se sentait infiniment mieux. Norah dormait toujours, roulée en boule sur le canapé. Elle était si blonde, si délicate, que brusquement la ressemblance avec leur mère frappa Valérie. Elle s'immobilisa. Les mots d'accueil moururent sur ses lèvres et elle dut battre précipitamment en retraite, des larmes plein les yeux. Elle était presque parvenue à se reprendre quand Colby parut à l'autre extrémité du couloir, avançant vers elle, le visage tendu.

— Avez-vous un instant ?

— Bien sûr, dit Valérie, alarmée par son évidente tension. Papa va plus mal ?

— Non. Il s'agit de nous deux.

En réalité, Colby paraissait furieux. Valérie se dit que c'était la première fois qu'elle le voyait manifester une quelconque émotion.

Elle le suivit jusqu'à l'ascenseur, puis à travers le hall, et enfin sur le parking. Il marchait à grands pas, trop vite pour qu'elle puisse se maintenir à sa hauteur.

— Où allons-nous ? finit-elle par demander.

— Là où des oreilles indiscrètes ne risqueront pas de surprendre notre conversation.

— De quoi s'agit-il, enfin ? s'écria-t-elle, impatientée.

Colby se tourna brusquement vers elle.

— De ceci : je voudrais savoir ce que vous avez dit *exactement* à votre père.

— A quel sujet ?

— Au sujet de nous deux.

La phrase résonna, chargée de colère et de mépris.

Si elle avait pu le croire un instant attiré par elle, voilà qui réglait définitivement le problème !

— Vous pourriez peut-être m'expliquer, reprit Colby, pourquoi votre père m'annonce tout à trac que vous êtes tombée amoureuse de moi et qu'il attend de moi que j'agisse en conséquence ?

— Il a dit ça ?

— Vous m'avez très bien compris ! Au nom du ciel, qu'êtes-vous allée lui raconter ?

— Mais... rien, répondit Valérie, éberluée.

Les trois ou quatre fois où elle avait vu son père la veille, il dormait. Du moins ses yeux étaient-ils fermés et sa respiration régulière.

— Il savait que nous étions ensemble à la cafétéria.

— Norah, peut-être...

— Pas du tout ! C'est de vous qu'il le tient. Ça et le reste.

Valérie se rembrunit. Elle fixait le sol dans le vain espoir de rassembler ses souvenirs.

— Alors, j'attends !

— Je... je le croyais endormi.

— Que lui avez-vous dit ? insista rudement Colby.

Elle était à présent complètement troublée, ce qui cadrait mal avec son caractère.

— Eh bien, j'ai dit que nous avions discuté l'autre soir, et...

— Continuez ! intima-t-il, les mâchoires crispées.

— Je crois... cela m'arrive parfois. Persuadée qu'il dormait, j'ai pensé tout haut.

— Et vous avez parlé de moi ?

A contrecœur, Valérie acquiesça. Elle s'était rarement trouvée dans une situation aussi embarrassante. Le rouge lui monta aux joues.

— Valérie, c'est important. Qu'avez-vous dit ?

Valérie ferma les yeux. Elle ne se rappelait pas la teneur exacte de ses paroles, mais leur sens général ; et cela suffisait à l'humilier. Elle avait tenu des propos décousus, disant ce qui lui passait par la tête, sans penser une seconde que son père pouvait être suffisamment éveillé pour l'entendre.

— J'ai dit combien vous m'impressionniez, avoua-t-elle en hésitant. Que, bien que je vous connaisse peu, j'étais sensible à cette force qui émane de vous. Je lui ai dit combien votre présence m'avait réconfortée au moment où j'étais si désemparée.

Elle hasarda un regard dans la direction de Colby, mais il demeura impassible. Mal à l'aise, elle continua :

— Habituellement, en tant qu'aînée, je considère que c'est à moi d'être celle sur qui l'on s'appuie. Mais, en l'occurrence, la seule personne vraiment forte, c'est vous. Voilà ce que j'ai dit devant mon père. Et aussi...

— Oui ?

— Que vous m'attiriez. Pas physiquement, se hâta-t-elle d'ajouter. C'est votre personnalité qui me fascine. Seulement, croyant que papa ne pouvait m'entendre, je ne suis pas entrée dans les détails... En quoi est-ce si terrible ? reprit-elle devant le mutisme de Colby.

— En rien, admit-il d'une voix légèrement enrouée.

— Que vous a donc dit mon père ?

Le regard de Colby rencontra le sien, avant de se détourner.

— Que vous étiez tombée follement amoureuse de moi.

— Rien que ça ! fit Valérie en émettant un petit sifflement. Je comprends que ça vous ait bouleversé.

— Bouleversé n'est pas le mot exact. Je m'inquiète seulement de l'impact que cette histoire peut avoir sur la santé de David ; surtout maintenant qu'il croit ses désirs devenus réalité. Dire que je venais de lui faire admettre que vous n'étiez pas la femme qu'il me fallait.

— Vous n'avez aucune inquiétude à avoir, docteur Winston. Si je devais tomber amoureuse de quelqu'un, ce serait d'un homme qui montrerait plus de respect pour mon amour-propre.

— Désolé, dit Colby, haussant les épaules avec indifférence. Votre père a donc compris ce qu'il voulait comprendre. Je crains que vous ne deviez en discuter avec lui.

— Ça me paraît bien inutile ; d'ici à demain, il aura tout oublié.

— Je ne le pense pas. Il m'a prié de convoquer un prêtre pour que nous puissions nous marier à son chevet.

Valérie ne put retenir un éclat de rire, conséquence, sans doute, de sa tension nerveuse. Pour sa part, Colby semblait trouver la farce beaucoup moins drôle.

— Combien voulez-vous d'enfants ? demanda-t-elle entre deux éclats de rire.

— Dois-je vous rappeler que je n'ai aucune intention de vous épouser ?

— Pour l'instant, peut-être ; mais vous avez le temps de changer d'avis !

Un malin plaisir la poussait à taquiner Colby. Il prit l'air offensé.

— Vous plaisantez, j'espère ?

A grand-peine, Valérie recouvra son sérieux.

— Si vous tenez absolument à ce que je parle à papa, je le ferai, dit-elle en soupirant.

— Il me semble que ce serait préférable.

Sans qu'elle veuille se l'avouer, la réaction de Colby la décevait. Traverser la moitié du pays pour se voir rabrouée par un homme, c'était un comble !

— Nous n'avons rien en commun, dit encore Colby.

— Non, bien sûr, mais...

— Je préfère m'abstenir.

L'attitude de Colby blessa encore un peu plus Valérie.

— Ça tombe à merveille : vous ne m'intéressez pas non plus, marmonna-t-elle.

Et, sur ces mots, elle lui tourna le dos pour reprendre le chemin de l'hôpital.

Cet individu l'horripilait. A l'en croire, elle était aussi attirante que... qu'un porc-épic ! Et elle lui en voulait de feindre de penser qu'elle lui avait tendu un piège.

Norah, qui s'était réveillée, regarda entrer sa sœur en souriant. Pourtant, quand elle la vit arpenter nerveusement la salle d'attente, l'inquiétude assombrit son expression.

— Quelque chose ne va pas ?

— N'as-tu jamais remarqué combien ton cher Colby peut être infatué de lui-même ?

— Le Dr Winston ? répéta Norah, interloquée. Non, pas du tout. Il est toujours si indulgent. Même vis-à-vis de ceux qui ne le méritent guère.

Valérie remonta avec impatience les manches de son sweat-shirt.

— Je n'ai jamais rencontré un type qui me tape autant sur le système !

— Je croyais que tu l'aimais bien.

— Je le croyais aussi, répliqua Valérie, l'air sombre.

— Steffie a téléphoné, dit Norah, coupant court à la conversation.

— Où est-elle ? A-t-elle résolu son problème ?

— Non, malheureusement. Elle est toujours bloquée

dans ce village dont j'ai oublié le nom. Elle paraissait à bout. J'ai essayé de la rassurer en lui disant que la situation restait inchangée. Elle a juré qu'elle donnerait tout ce qu'elle possédait pour être à la maison...

— Pauvre Steffie...

— J'ai vu papa tout à l'heure, dit Norah, changeant une nouvelle fois de sujet. Il m'a paru mieux.

Le cœur de Valérie se serra. Elle ne devinait que trop bien la cause de ce regain de vitalité. Son cher manipulateur de père devait se croire au bout de ses peines. S'il savait...

4.

Tout au long des vingt-quatre heures qui suivirent, l'état de David Bloomfield demeura stationnaire. Valérie ne fit qu'entrevoir Colby qui passa la majeure partie de son temps en chirurgie. En fin d'après-midi, encore revêtu de sa blouse, il vint examiner le malade. Valérie était présente et, le cœur serré par l'angoisse, lut l'inquiétude sur le visage du chirurgien. Lorsque ce dernier sortit, elle le suivit dans le couloir.

— Une tasse de café ? suggéra-t-elle.

Et, voyant qu'il hésitait, elle ajouta d'un ton naturel :

— J'ai pensé que vous aimeriez savoir comment je nous ai évité le prêtre.

Colby sourit d'un air las.

— D'accord, dit-il en consultant sa montre. Je vous retrouve d'ici à un quart d'heure à la cafétéria.

Valérie se dirigea vers l'ascenseur, son attaché-case à la main. Sa secrétaire lui avait expédié plusieurs dossiers urgents. Même si la maladie de son père la tenait éloignée de son bureau, elle pouvait encore se rendre utile. Une bonne partie de sa journée avait été consacrée à traiter ses dossiers et à prendre contact avec ses clients. Travailler dans une salle d'attente d'hôpital n'était peut-être pas l'idéal, mais elle savait s'en contenter.

Lorsque Colby la rejoignit, elle relisait ses notes. Tandis qu'il s'asseyait, elle rassembla hâtivement ses papiers. Après l'avoir poliment saluée, Colby se versa une tasse de café. Ses gestes étaient empreints de nervosité.

— Je voudrais vous présenter mes excuses, commença-t-il.

Valérie s'attendait à tout sauf à ça.

— A quel sujet ?

— Pour vous avoir agressée comme je l'ai fait. J'aurais dû comprendre que David se précipiterait sur le moindre de vos propos pour l'interpréter dans le sens qui lui convenait. Et j'ai eu tort de passer mon agacement sur vous.

— C'était bien compréhensible, répliqua Valérie. Ne vous inquiétez pas de ça. C'est déjà oublié.

Colby leva les yeux. Une certaine incrédulité se lisait dans son regard.

— Lui avez-vous parlé ?

Valérie hocha la tête.

— Mon pauvre père était atterré ; enfin, du moins a-t-il feint de l'être, car je le connais ! Mais il s'en est remis, tout comme moi, ajouta-t-elle, poussant un soupir éloquent.

Sur ces mots, elle battit outrageusement des cils. Sans savoir pourquoi, elle éprouvait toujours le désir de provoquer Colby. Un lent sourire naquit sur les lèvres du médecin ; ses traits se détendirent.

— Seriez-vous déçue ?

— Oh ! oui. J'ai toujours rêvé d'un mariage en robe blanche.

Elle sourit et se détendit à son tour. Elle se sentait maintenant à l'aise avec lui. Son ressentiment tombé, elle trouvait sa compagnie agréable. Et puis, elle l'admirait.

Colby avala une gorgée de café. En l'observant, Valérie remarqua les rides de fatigue qui se creusaient à la commissure des lèvres et qui fripaient ses yeux.

— Dure journée ?

Il hocha la tête.

— Une de mes patientes est décédée cet après-midi, en pleine opération. Nous n'ignorions pas les risques encourus, mais...

Il haussa les épaules.

— ... jamais je ne pourrai m'y habituer.

— Colby, je suis désolée.

La main de Valérie se posa amicalement sur celle du chirurgien. Tout de suite, il emprisonna ses doigts, comme pour mieux apprécier le réconfort qu'elle tentait de lui apporter, et le contact de cette grande main sur la sienne emplit Valérie de joie. Il y avait même plus. Il lui semblait parfaitement normal d'être assise là, en face de Colby, à lui tenir la main. Comme si ç'avait été sa place de toute éternité. Cependant, très vite, le doute reprit possession de son esprit.

Ils étaient amis, rien de plus. Et bien d'accord là-dessus. Mais, dans ce cas, pourquoi ressentait-elle ce soudain désir de se jeter dans ses bras, de nicher sa tête contre son épaule, de s'anéantir dans sa force ?

Valérie retira sa main, espérant qu'il ne l'avait pas sentie trembler.

— Je ferais mieux de rejoindre Norah avant qu'elle ne s'inquiète.

Valérie était une femme posée, capable de considérer un problème sous tous ses angles jusqu'à ce qu'elle lui trouve une solution. Seulement, Colby Winston représentait plus qu'un problème à résoudre. C'était un homme qui la troublait infiniment.

Elle était déjà debout, son attaché-case à la main, quand Colby la pria brusquement :

— Ne partez pas, s'il vous plaît... pas encore.

Son ton était si implorant que Valérie se rassit.

— Je suis idiot, dit alors Colby. Ne faites pas attention.

De nouveau, Valérie le sentait sur ses gardes.

— En réalité, je dois rejoindre mon service, ajouta-t-il en se levant à son tour.

Il termina son café debout, puis sortit à grands pas de la cafétéria, Valérie sur les talons.

— Colby, dit-elle en l'attrapant par la manche, avant qu'ils n'atteignent l'ascenseur, qu'est-ce qui vous déplaît chez moi ?

La question avait fusé avant qu'elle puisse songer à la retenir.

— Je vous apprécie beaucoup.

— Mais vous n'épouseriez pas une femme comme moi.

— Non, admit-il très calmement.

— Pourquoi ?

Valérie ne comprenait pas très bien elle-même pourquoi elle attachait une telle importance à sa réponse. Ce qui était certain, c'était qu'il fallait qu'elle sache.

— Un brillant avenir s'ouvre devant vous, dit-il en évitant son regard. Vous pouvez à juste titre être fière de votre réussite...

— Mais ? Car il doit bien y avoir un *mais*.

— Mais je ne désire pas partager l'existence d'un jeune cadre plein d'avenir. Pour ma part, je préfère les épouses disons... plus traditionnelles. Si je me marie un jour, ce sera avec une femme qui n'aura d'autres ambitions que de tenir notre maison et d'élever nos enfants.

— Je vois...

Colby l'avait bien jugée car, effectivement, Valérie ne se sentait aucune vocation de femme d'intérieur. Rester assise à tricoter au coin du feu, très peu pour elle ! D'ailleurs, si on l'y contraignait, elle n'aurait de cesse qu'elle ne rentabilise sa production et ne mette sur pied une entreprise de tricot ! Elle avait les affaires dans le sang, comme Colby avait la médecine dans le sien.

— Je ne voulais pas vous blesser, dit le chirurgien.
— Je ne le suis pas, répliqua-t-elle.

Et c'était la vérité.

Ils entrèrent dans l'ascenseur, et Colby appuya sur le bouton du troisième. Quand les portes se furent refermées, Valérie prit brusquement conscience de l'intimité que créait entre eux cet espace confiné.

— Valérie, écoutez...

— Tout va bien, je vous assure, dit-elle en souriant. J'ai posé une question, et vous y avez honnêtement répondu, ce dont je ne peux me plaindre. C'est vrai que vous me plaisez, ce qui ne signifie pas que je doive automatiquement tomber amoureuse de vous.

— Je sais... C'est seulement que...

Il se tut. Il la dévisageait maintenant, l'air agité.

— Oh ! et puis, zut ! dit-il si bas que Valérie l'entendit à peine.

Au même instant, il l'attira à lui et sa bouche prit possession de la sienne. Sans en être consciente, Valérie lui rendit son baiser avec une spontanéité qui lui faisait généralement défaut dans ce genre de situation. De délicieux frissons parcouraient son échine. Le baiser de Colby était à son image : doux et énergique à la fois, irrésistible.

Soudain, il la lâcha et, reculant d'un pas, laissa tomber ses bras le long du corps. Une expression de total désarroi se dessina sur ses traits. Valérie se demanda ce qui affligeait le plus Colby : de l'avoir embrassée, ou d'y avoir pris plaisir.

— Valérie, je...

A ce moment, l'ascenseur fit une halte, les portes s'ouvrirent et une infirmière entra. Colby lui jeta un regard furibond avant de prendre Valérie par la main et de l'entraîner hors de l'appareil juste avant que les portes ne se referment.

— Mais ce n'est pas le service de cardiologie ! protesta-t-elle en regardant autour d'elle.

Ils se trouvaient en effet à l'étage de la maternité. A travers des vitres, on apercevait des enfilades de petits lits. Cependant, Colby ne laissa pas à Valérie le loisir de s'attarder. La tenant toujours par la main, il la tira vers l'escalier qu'il se mit à gravir à grandes enjambées. Ce ne fut qu'à mi-chemin qu'il s'aperçut que Valérie ne pouvait le suivre. Il se retourna alors et la considéra avec une certaine irritation.

— Ecoutez, dit Valérie, tout essoufflée, c'est bon pour vous cette gymnastique ! Moi, je passe mon temps derrière un bureau, ne l'oubliez pas !

— Je n'ai pas voulu ce qui est arrivé.

— Tout compte fait, c'était plutôt agréable. De toute façon, ça ne vous oblige en rien à m'épouser !

Valérie avait adopté le ton de la désinvolture, essentiellement parce qu'elle ne voulait pas laisser deviner à quel point ce baiser l'avait troublée. Des sentiments étranges et inquiétants l'agitaient ; et elle se demandait s'il en était de même pour Colby.

— Ce baiser ne signifiait rien, marmonna-t-il entre ses dents.

— Inutile de vous tracasser ; ça n'en vaut pas la peine.

Mais comme il continuait à la regarder avec cet air perplexe, elle ajouta :

— Nous sommes tous les deux fatigués et à bout de nerfs. Vous m'avez embrassée, et après ? Ce n'est tout de même pas la fin du monde !

— Ça ne se reproduira pas, dit-il avec une absolue conviction.

L'affirmation piqua Valérie au vif. Elle redressa les épaules.

— Tant mieux !

Colby avait raison. Il existait bel et bien une incompatibilité d'humeur entre eux. Le métier de médecin est prenant, il épuise physiquement aussi bien qu'émotionnellement, elle ne pouvait le blâmer de souhaiter une femme qui lui rende la vie agréable. Non, vraiment, elle ne pouvait lui en vouloir. Il ne leur restait donc qu'à oublier définitivement cet épisode malheureux.

Le village des Orchidées, niché au creux de la vallée du même nom, accueillit Valérie comme une vieille amie. A la vue des jardinières de fleurs et des paniers suspendus aux lampadaires, son cœur se réchauffa. L'horloge de la Wells Fargo Bank retardait toujours de dix minutes. Valérie se souvenait que, quand elle avait treize ans, un horloger était venu réparer le vieux mécanisme. Il avait passé une journée entière à vérifier ses rouages et, le soir même, avait déclaré le problème résolu. Deux jours après son départ, pourtant, l'horloge retardait de nouveau de dix minutes, et, depuis lors, personne n'avait songé à la faire réparer.

La boutique du coiffeur, avec son enseigne rayée de rouge et blanc qui tournait tel un gros sucre d'orge, était aussi accueillante qu'à l'ordinaire. M. Stein, le coiffeur, assis dans un de ses fauteuils, lisait *La Gazette de la Vallée* en attendant le client. Comme il abaissait son journal pour voir qui passait, Valérie lui adressa un joyeux salut de la main. En souriant, il le lui rendit.

Le sentiment d'être de retour chez elle envahit la jeune femme; son cœur se fit plus léger. A deux portes de la boutique du coiffeur se dressaient les locaux du journal. Regardant par la vitrine, Valérie surprit l'intense activité qui régnait au sein d'une équipe préparant la sortie de la dernière édition de *La Gazette*. Elle n'avait pas fait trois pas qu'elle s'entendit héler par son prénom. Se retournant, elle se trouva nez à nez avec Charles Tomaselli, le directeur du journal.

— Je me demandais quand j'allais enfin tomber sur toi ! Comment va ton père ?

— Toujours la même chose.

— Quel malheur ! dit Charles, l'air sincèrement désolé. A propos, je n'ai pas vu Stéphanie, ajouta-t-il.

— Elle est en Italie.

— Comment ? Elle ne rentre pas alors que son père est si malade ! s'exclama Charles, visiblement irrité.

— Elle fait son possible, expliqua Valérie. Seulement, à cause d'une grève des transports, elle se trouve bloquée dans un petit village, à des kilomètres de Rome...

Charles marqua sa sympathie d'un hochement de tête. Valérie eut l'impression qu'il regrettait d'avoir évoqué Stéphanie.

— Si tu en as l'occasion, veux-tu faire une commission de ma part à ton père ?

— Bien sûr.

— Dis-lui que le commissaire O'Dell m'a appelé à la suite de l'article de la semaine dernière sur les ouvriers agricoles saisonniers. Ça le remontera.

— Les ouvriers saisonniers ? répéta Valérie, pas très sûre d'avoir compris.

Charles sourit.

— Exactement ! Je ne sais pas si tu t'en rends compte, mais ton père ferait un malheur comme journaliste de terrain. Dis-le-lui aussi, il comprendra.

— Très bien, assura Valérie.

— C'est chouette de te revoir ici, dit Charles, jetant un coup d'œil vers les locaux du journal. Si tu vois Steff, donne-lui le bonjour de ma part, veux-tu ?

— Naturellement !

Pensive, Valérie le regarda s'éloigner. Charles n'était pas seulement rédacteur en chef, il tenait aussi une rubrique régulière et écrivait nombre d'articles de fond. Eu égard à son talent, Valérie trouvait étonnant que Charles reste attaché à ce petit journal de province ; il aurait pu briguer un poste dans n'inporte quel quotidien de plus grande envergure.

Ainsi, il lui avait parlé de Stéphanie... En hésitant un peu, à vrai dire. Sept ans plus tôt, Valérie avait soupçonné l'existence d'une amourette entre eux. Steffie était alors étudiante au collège, et Charles venait tout juste de s'installer aux Orchidées. Valérie se rappelait sa sœur épluchant la *Gazette* et s'extasiant sur le talent et l'élégance du style de Charles.

Ce qui s'était ensuite passé, Valérie l'ignorait. De toute façon, elle préférait rester en dehors de tout cela. Pour ce qu'elle s'y connaissait en amour ! Il suffisait de regarder le gâchis qu'étaient devenues ses relations avec Colby...

Le regret serra le cœur de la jeune femme. Depuis l'épisode du baiser, Colby l'évitait. Jusqu'à présent, il ne manquait jamais d'échanger quelques mots avec elle quand ils se croisaient dans les couloirs. C'était peu de chose, mais maintenant qu'elles n'existaient plus, Valérie se rendait compte à quel point ces brèves pauses rompaient la monotonie de l'attente à l'hôpital.

C'était Norah qui avait insisté pour l'envoyer en ville sous le prétexte d'aller rechercher des photos que son père avait données à développer. En tout cas, c'était une excellente idée. Le soleil et l'air frais du dehors lui faisaient du bien. Et bien que les vergers se trouvent à l'écart de la ville, Valérie aurait juré qu'en inspirant profondément, elle percevait l'odeur des pommiers en fleur.

Elle avait toujours aimé le printemps. Depuis longtemps, malheureusement, ses trop rares visites n'avaient pas eu lieu à cette époque de l'année. Valérie se demanda si, inconsciemment, elle ne cherchait pas à éviter la vallée en cette saison, car elle savait que le charme et l'attirance du foyer seraient alors beaucoup plus forts. Peut-être craignait-elle de ne pouvoir repartir alors que le parfum des fleurs blanc et rose embaumait l'air...

Ne désirant pas s'appesantir sur elle-même, Valérie reprit sa promenade d'un pas alerte. Elle dépassa le restaurant et le café pour atteindre son but : le magasin d'Al. C'était vraiment un drugstore typique de petite ville, où l'on pouvait tout trouver, des cartes postales et cadeaux jusqu'à l'aspirine en passant par la confiture de fraises. A une des extrémités du magasin se trouvait un débit de boissons et, à l'autre, un bureau de poste. Près de l'entrée, un distributeur proposait son célèbre chocolat malté. Valérie ne pouvait compter le nombre de fois où elle s'y était arrêtée en revenant de l'école, et elle se demanda si l'expression « s'arrêter chez Al pour boire un chocolat » était demeurée aussi populaire parmi les jeunes que de son temps.

— Valérie Bloomfield ! s'écria le commerçant, debout derrière son comptoir. Je pensais bien que c'était toi. Comment va ton père ?

— Toujours pareil.

— Voici ses photos. Dis-lui surtout que je compte toujours sur lui pour m'accompagner à la pêche en juillet.

— Je le lui dirai.

Valérie s'empara du paquet et sortit après avoir salué Al. Cependant, la curiosité fut bientôt la plus forte, et elle n'avait pas fait trois pas qu'elle s'arrêtait pour ouvrir la pochette. Son cœur se serra en découvrant des photos de la tombe de sa mère couverte de fleurs... Il y avait aussi deux photos de Norah. Sur l'une, elle était assise au coin du feu, un livre ouvert sur les genoux ; sur l'autre, elle riait au soleil, ses cheveux soulevés par le vent. La ressemblance de Norah avec leur mère frappa une nouvelle fois Valérie.

La jeune femme eut du mal à retenir ses larmes. Ces photos prouvaient à quel point David Bloomfield se sentait perdu sans sa femme. L'esprit en déroute, Valérie errait au hasard quand elle s'aperçut qu'elle se trouvait près du jardin public. Elle y entra, longea la piscine, vide à cette époque de l'année, et suivit l'allée empierrée qui serpentait au milieu d'une pelouse vallonnée. Quand elle atteignit l'aire de jeux, une douce brise agitait les balançoires.

La tête bruissante de souvenirs de son enfance, Valérie s'assit sur l'une d'elles. Fermer les yeux, avoir huit ans, de nouveau... Elle revit les dimanches après-midi passés dans ce parc, David la poussant ainsi que la petite Stéphanie, ou les rattrapant au bas du toboggan.

Cependant, vingt ans s'étaient écoulés depuis lors, et son père chéri luttait contre la mort sur un lit d'hôpital. De toutes ses forces, Valérie refusa d'envisager l'issue fatale. Etait-ce de l'égoïsme, elle l'ignorait. Son père paraissait si détaché de la vie... La mort viendrait en amie, et non comme la cruelle faucheuse réclamant son dû. « Mais pas déjà, pria intérieurement Valérie. Oh ! non, pas déjà... »

Comme elle regagnait l'hôpital, Valérie remarqua un bâtiment de facture récente. Un cinéma comportant six salles, pas moins que ça. Qu'une petite ville comme la leur se permette de passer six films dans la même soirée paraissait pour le moins étonnant. L'ancien cinéma du centre-ville fonctionnait toujours, mais, selon Norah, ne programmait que des films de second ordre.

Les Orchidées s'étaient également pourvues de succursales d'une chaîne nationale de fast-food ; cependant, Valérie doutait que leurs hamburgers puissent égaler en saveur ceux du Burger Shack, un établissement situé dans le centre-ville. L'été de ses seize ans, Valérie y avait travaillé, et lorsqu'elle empochait les menus pourboires laissés par les clients, elle se disait qu'il n'existait pas une fille aussi chanceuse dans toute la région ! Comme les temps avaient changé, ou plutôt, comme *elle* avait changé !

En approchant de l'hôpital, instinctivement, Valérie ralentit le pas. Depuis presque une semaine maintenant, si l'on exceptait ses visites à la maison pour se doucher et se changer, elle vivait dans cette salle d'attente. Et l'idée de quitter le soleil pour retourner s'y enfermer lui déplaisait. Durant le séjour de sa mère à l'hôpital, ç'avait été presque pareil, mais alors, son père et ses deux sœurs se trouvaient à son côté. Aujourd'hui, il n'y avait que Norah et elle. Et Colby.

A son entrée, Norah bondit du canapé où elle était allongée.

— Te voilà enfin ! Où étais-tu passée ?

— Je me suis attardée dans le parc. Il y a du nouveau ?

— Steffie a enfin réussi à gagner Rome. Elle va voyager via Tokyo. Ça paraît fou, mais c'est ce qu'elle a trouvé de plus direct. Elle doit arriver demain soir.

Bien que, d'une certaine manière, Valérie ait essayé de ne pas trop se soucier de ce problème supplémentaire, elle n'en fut pas moins soulagée d'un poids.

— Colby voulait te voir, reprit Norah. Vous ne vous êtes pas disputés, au moins ?

— Mais... non. Qu'est-ce qui te fait penser ça ?

Norah haussa les épaules.

— Je ne sais pas. Il paraissait anxieux de te voir, mais quand je lui ai annoncé que tu étais absente, il a eu l'air plutôt soulagé.

— Je le verrai plus tard, répondit évasivement Valérie. Comment va papa ?

— Pas tellement bien. Il est très oppressé et a du mal à respirer. Colby fait tout ce qu'il peut pour essayer de dégager les poumons, mais sans résultat. Papa s'affaiblit d'heure en heure.

— Maman lui manque au-delà de tout ce que nous pouvons imaginer, dit en soupirant Valérie.

— Que deviendrons-nous s'il meurt ?

Quelques jours plus tôt, Valérie aurait rejeté de toutes ses forces cette éventualité. A présent, elle avait perdu sa belle assurance.

— Je ne sais pas, dit-elle. Nous nous débrouillerons, il le faudra bien.

Peu après, Colby les rejoignit. Valérie, qui lisait une publication relative à son travail, leva les yeux et vit tout de suite que quelque chose de terrible était arrivé.

— Papa ? cria-t-elle.

Colby s'assit sur le canapé et lui prit les mains. Son regard allait de Norah à elle.

— Votre père est victime d'une seconde crise cardiaque.

— Non ! cria Norah.

Les oreilles de Valérie se mirent à bourdonner. Son cœur battait si fort qu'elle crut s'évanouir.

— Et alors ? parvint-elle à articuler.

— Nous ne pouvons plus différer l'opération.

— Vous n'avez pas le droit ! s'exclama Norah. Il n'y survivrait pas !

— Peut-être, répliqua Colby, mais, sans opération, ses chances sont réduites à néant.

Bien qu'il s'adressât à Norah, c'était Valérie que Colby regardait avec une intensité qui semblait dire : « J'aurais tellement voulu vous épargner ce chagrin. »

5.

Depuis six heures, Colby était enfermé dans la salle d'opération avec son père ; et, pour Valérie, cela représentait l'éternité.

Pendant cette longue attente, elle repensait aux moments heureux partagés avec son père. Et aux moins heureux. Car, à l'époque de l'adolescence, les choses n'étaient pas toujours allées simplement entre eux. Leurs volontés s'opposaient souvent, et, dans la grande maison coloniale, les querelles succédaient aux querelles. Valérie trouvait son père borné, autoritaire et illogique.

Grace Bloomfield affirmait qu'ils étaient trop semblables pour s'entendre. A cette époque, Valérie n'aimait pas cette idée qui lui paraissait en outre stupide. S'ils étaient semblables, ils auraient dû être amis, et non adversaires.

Ce ne fut que lors de la maladie de Grace que Valérie s'était rapprochée de son père. Elle n'aurait su dire lequel avait changé ; les deux, sans doute. Ce qui était certain, c'est qu'elle avait appris à aimer son père, et que l'idée de le perdre la terrifiait.

A force d'attendre, Valérie finissait par ne plus avoir la notion du temps. La pièce où elle se trouvait n'était pas la salle d'attente à laquelle les deux sœurs étaient habituées car le service de chirurgie se trouvait au rez-de-chaussée.

De temps en temps, Valérie ou Norah sortait sur la terrasse de brique respirer l'air doux et parfumé de cette nuit de printemps.

Des amis étaient venus leur tenir compagnie. Charles Tomaselli, Al Russell, le pasteur Wallen et d'autres. A minuit, épuisée, Norah s'était roulée en boule sur le canapé et endormie. Valérie enviait son sommeil, mais savait qu'elle serait incapable de trouver le repos. Marcher et croquer des bonbons à la menthe étaient les seuls soulagements qu'elle pouvait offrir à ses nerfs tendus.

Elle se tenait près de la porte-fenêtre, scrutant la nuit, lorsque Colby entra, encore vêtu de sa tenue chirurgicale. Son regard avide l'interrogea, mais elle ne put rien lire sur ses traits fatigués. Heureusement, il ne la laissa pas longtemps dans le doute.

— Il est vivant.

De soulagement, Valérie faillit tomber. Des larmes lui montèrent aux yeux, qu'elle parvint à refouler.

— Merci, mon Dieu, murmura-t-elle, le visage enfoui dans les mains.

— A un moment, j'ai bien cru le perdre, dit Colby, C'est un miracle que le cœur soit reparti. Maintenant, il ne nous reste plus qu'à attendre...

Les jambes tremblantes, Valérie s'approcha du canapé pour réveiller Norah. Habituée de par son métier à être sur le qui-vive, cette dernière se redressa tout de suite.

— L'opération s'est bien passée, dit Valérie.

— Mais tout danger n'est pas écarté, précisa Colby. J'aimerais me montrer optimiste, cependant...

— Il a survévu à l'opération, répéta Norah, la voix vibrant d'espoir. Je ne peux pas y croire. Ça a dû être une terrible course contre la montre.

— Oui, répondit Colby. Mais je vous répète que son état reste critique.

— Je sais, dit Norah, mais une petite lumière brillait au fond de ses yeux.

— Je reviens dans quelques instants, lança Colby en se frottant les paupières d'un air las.

Comme il paraissait fatigué, épuisé même. Après une dure journée, ces heures de tension épuisantes... Cependant, il y avait plus que de la fatigue dans le regard de Colby; on y lisait une profonde détresse. Et, soudain, Valérie comprit qu'il ne croyait pas possible que David Bloomfield survive à la nuit.

— Si seulement Steffie était là, murmura Norah quand il fut sorti.

Valérie hocha la tête. Elle aussi ressentait cruellement l'absence de leur sœur.

Sur ces entrefaites, un infirmier se présenta, saluant amicalement Norah qu'il connaissait. Il venait les prévenir qu'elles pouvaient voir leur père, mais quelques instants seulement.

Valérie y alla la première. Elle se croyait préparée, mais la vue de son père, gisant inanimé, lui porta un coup terrible. Elle se détourna et, sans un mot, passa devant les autres pour retourner dans la salle d'attente. Les larmes qu'elle retenait depuis si longtemps jaillirent. Souffrance et désespoir se disputaient son cœur. Ce n'était pas juste. Oh ! non, vraiment pas juste. Elle ne pouvait pas perdre son père si tôt après sa mère.

Il arrivait très rarement à Valérie de pleurer, mais aujourd'hui, elle accueillit les larmes comme une délivrance. De gros sanglots lui secouaient les épaules et ses larmes coulaient, coulaient, comme si elles n'avaient jamais dû s'arrêter.

Une main sur son épaule. Elle se sentit attirée contre un corps chaud et rassurant.

⁂

— Pleurez si ça doit vous soulager, murmura Colby à son oreille.

Ils étaient assis sur le banc de pierre de la terrasse, le bras de Colby passé autour des épaules de Valérie, la tête de la jeune femme reposant sur son épaule. Et elle sanglotait toujours. Colby lui caressait la joue, lui murmurant des paroles de réconfort. Son bras était fort et rassurant. Elle avait besoin de lui plus qu'elle n'avait jamais eu besoin de quiconque.

Puis ses pleurs se tarirent, un frisson parcourut son corps. Elle se redressa et essuya son visage trempé de larmes.

— Ça va mieux ? demanda doucement Colby.

Valérie hocha la tête ; elle avait honte qu'il l'ait surprise dans cet état.

— Norah ?

— Elle parle avec Marc Collins, mon assistant.

— Je... je me croyais... forte.

— C'est la tension nerveuse.

S'écartant de Colby, Valérie se redressa. Il laissa retomber son bras. Elle sourit courageusement, mais sans oser le regarder.

— Je donnerais tout au monde pour pouvoir vous rassurer, Valérie...

— Je sais.

Quand elle leva les yeux vers lui, elle vit que son regard était sombre. Il approcha sa bouche de la sienne, mais s'arrêta à quelques millimètres. Valérie sentait son souffle chaud sur son visage, l'odeur du désinfectant employé en chirurgie mêlée à son parfum. Elle ferma les yeux.

— Il ne faut pas..., murmura Colby.

Ce n'était pas ce qu'elle voulait entendre. Elle voulait ses caresses, sa chaleur, son réconfort.

— S'il vous plaît...

Une force irrésistible les poussait l'un vers l'autre ; se laissant aller au tumulte de ses émotions, Valérie noua ses bras au cou de Colby qui gémit et la serra contre lui. Valérie ne songeait plus à rien ; elle s'abandonnait corps et âme à son étreinte.

Ce fut à contrecœur que Colby rompit leur baiser. Comme il relevait la tête, Valérie regarda derrière eux. Personne. Personne n'avait été témoin de sa folie.

— Je suis responsable..., commença Colby.

Doucement, elle l'arrêta en posant un doigt sur ses lèvres.

— Tais-toi...

Valérie prit le visage de Colby entre ses mains. Son regard était intense.

— Peu importe la morale. J'ai besoin de toi, maintenant. Je veux que tu me serres contre toi.

Comme il obtempérait, une onde de chaleur parcourut Valérie. Il l'embrassa légèrement sur le front. Sa respiration était inégale et Valérie fut heureuse de constater qu'il n'était pas moins troublé qu'elle.

Aux yeux de la jeune femme, cet instant était suspendu hors du temps. Quel mal pouvait-il y avoir à chercher un mutuel réconfort dans les bras l'un de l'autre puisque tous deux savaient que ce moment n'aurait pas de suite ?

— C'est si agréable de te tenir dans mes bras, dit Colby.

— C'est si agréable d'être dans tes bras, chuchota-t-elle en retour.

Les regrets, ce serait pour plus tard. L'étreinte de Colby l'apaisait. Pour la première fois depuis son retour aux Orchidées, Valérie ne se sentait plus seule.

Bien sûr, il y avait Norah. Et Steffie, qui allait arriver. Toutes les trois se soutenaient moralement, mais ce n'était pas la même chose. Impossible avec elles de sortir de son rôle. Elle était l'aînée, celle sur qui les autres devaient pouvoir s'appuyer. Seulement, en ces dramatiques instants, Valérie se sentait rien moins que forte.

— Norah te cherche, murmura Colby à son oreille.

Avec un soupir, Valérie se redressa. A la porte de la salle d'attente se tenait Norah, incapable de dissimuler sa surprise.

Valérie se leva.

— Merci, dit-elle à Colby.

Il lui retourna un regard plein de chaleur et de muette complicité. Norah attendait à la porte. Son regard allait de sa sœur à Colby.

— Tout va bien ?

Valérie hocha la tête.

— Papa va aussi bien qu'on peut le souhaiter.

— Je ne parlais pas de papa mais de toi.

— Ah, oui, bien sûr, répondit Valérie, s'efforçant d'adopter un ton naturel ; c'est juste que j'avais envie de pleurer et Colby m'a prêté son épaule.

— Son épaule, dis-tu ? A moi, ça m'a paru plus que ça.

— Papa dort depuis presque trente heures, tu ne trouves pas ça inquiétant ?

Valérie ne pouvait contenir son angoisse. Plus au fait des suites d'une telle opération, Norah devait bien savoir à quoi s'en tenir.

— Il se réveille de temps à autre. Je ne crois pas qu'il y ait lieu de s'affoler.

Pourtant, comme si Valérie n'avait pas suffisamment de raisons de s'inquiéter avec son père, il était maintenant 21 heures et elles étaient toujours sans nouvelles de Steffie.

— Papa a même essayé de parler lors de ma dernière visite.

— Que disait-il ?

Norah haussa les épaules.

— Ça n'avait pas grand sens. Il m'a regardée en clignant des yeux, puis a ri comme si on venait de lui raconter une bonne blague. « Six », a-t-il dit.

— Six ?

— Je ne comprends pas plus que toi. Je voulais en parler à Colby, mais nous nous sommes manqués.

Valérie s'assit et se mit à feuilleter un magazine féminin vieux de deux ans. C'était tout ce qu'elle avait trouvé pour tromper sa nervosité. Il s'agissait d'un numéro consacré à la décoration de la maison et à l'aménagement du jardin. Les photos représentaient des cuisines aux tons éclatants, des chambres dites « campagnardes », des vérandas meublées de rotin, des salles de séjour style western, toutes pièces agréables à regarder mais à des kilomètres de la réalité. Ces intérieurs soignés n'évoquaient en rien un *foyer*.

Et, soudain, la certitude que son foyer était ici, dans la Vallée des Orchidées, traversa Valérie. Son foyer, c'était sa chambre, en haut de l'escalier, c'était le bureau de son père où elle lisait, pelotonnée dans un fauteuil au coin du feu, c'était la grande salle où les Bloomfield prenaient leurs repas autour de la table de chêne.

Voilà ce qu'était un véritable foyer. Et pas son appartement du Texas dans son quartier peuplé de cadres. Un décorateur avait choisi les papiers et les meubles, puisqu'elle n'avait pas le temps de le faire. Une femme de ménage venait deux fois par semaine. Dans cet appartement, Valérie dormait, essentiellement. C'était une adresse où se faire expédier son courrier, ce n'était pas un lieu où se créer des souvenirs...

Dans ce même magazine, on voyait des photos de superbes jardins. Le jardinage avait toujours été la passion de Grace Bloomfield et, souvent, Valérie l'aidait. Les moments qu'elles avaient ainsi passés à désherber et à biner restaient parmi les plus heureux de son enfance.

En souvenir de ce temps, Valérie avait orné son appartement de plantes vertes. Cependant, c'était la femme de ménage qui en prenait soin, Valérie n'étant pas assez souvent chez elle pour pourvoir à leurs besoins...

Pas de maison, pas de jardin, pas de foyer en perspective; dès leur première rencontre, Colby l'avait deviné. L'esprit de Valérie vagabondait. Avec un frisson, elle songea au baiser qu'ils avaient échangé. C'était sans doute une erreur, mais une erreur compréhensible. Fatigués et inquiets, ils n'avaient pas su résister à l'élan qui les poussait l'un vers l'autre. En dépit de tout, Valérie ne parvenait pas à le regretter. Ce qui la chagrinait, c'était que Colby l'évitait; car cela signifiait tout au moins qu'il ne partageait pas son point de vue.

Pourtant, au moment où Valérie ne l'attendait plus, Colby vint la rejoindre. Norah était allée voir l'infirmière chargée de soigner leur père, et Valérie se trouvait seule dans la salle d'attente quand le chirurgien y pénétra.

Surprise et émue, Valérie l'examina et se dit que jamais elle n'avait rencontré un homme aussi beau. Leurs regards se croisèrent.

— Bonsoir, dit-elle d'une voix un peu hésitante.

Valérie n'était pourtant pas ce qu'on peut qualifier de timide. La présence de Colby suffisait toutefois à lui faire perdre contenance.

— Valérie, euh...

Colby s'éclaircit la voix avant de reprendre d'un ton mondain :

— J'ai un séminaire ce soir à l'université, mais j'aimerais dîner avant de m'y rendre. Voudrais-tu m'accompagner ?

— J'en serais ravie, répondit impulsivement Valérie.

— J'ai pensé que nous pourrions aller ailleurs qu'à la cafétéria...

— Excellente idée !

Elle le sentit se détendre.

— Il y a un excellent restaurant italien non loin d'ici.

Il est vrai que l'idée de quitter l'enceinte de l'hôpital séduisait beaucoup la jeune femme. Ils se rendirent en ville dans la Buick de Colby, un modèle déjà ancien, mais dans lequel Valérie se sentit tout de suite à l'aise.

L'ambiance feutrée du restaurant lui plut également. Elle ne mit pas longtemps pour choisir son menu : minestrone et melon au jambon.

— Ce n'était pas la peine de m'inviter à dîner pour t'excuser, tu sais, déclara-t-elle soudain.

— Pardon ?

Valérie posa le menu et, croisant les bras, se pencha vers Colby.

— T'excuser n'est peut-être pas le mot exact. Je suppose que tu m'as amenée ici pour m'expliquer que tu regrettes ce qui s'est passé entre nous, c'est ça ? Etant donné que tu m'as évitée toute la journée, ça paraît évident. Mais ne t'inquiète pas, je comprends.

L'air morose, Colby se pencha sur son menu.

— J'avais oublié à quel point tu peux parfois être directe, marmonna-t-il.

— Je préfère que tout soit clair entre nous. Il n'y a pas de quoi en faire une montagne. J'avais besoin de réconfort, et tu étais là.

Colby parut encore plus mortifié.

— En d'autres termes, n'importe quel homme aurait fait l'affaire ?

— Non, dit-elle, surprise de sa sortie. J'avais besoin de toi. Ce que nous avons partagé était très... doux, très tendre. Je te serai toujours reconnaissante de m'avoir laissée pleurer.

— Ce ne sont pas tes larmes qui m'intéressent.

— Le baiser était également très particulier...

— Hmm, oui, je le suppose. Mais nous ferions beaucoup mieux d'oublier tout ceci.

Son bloc à la main, la serveuse approcha. Ils passèrent commande, mais à peine la jeune femme s'était-elle éloignée que Valérie revint à la charge.

— C'est bien joli de parler d'oubli, mais ce ne sera pas si facile pour moi.

Colby détourna le regard.

— Je ne pense pas non plus que je puisse oublier, avoua-t-il.

Le silence tomba entre eux. Un sourire jouait sur les lèvres de Valérie ; les dernières paroles de Colby l'enchantaient. Ainsi, après avoir voulu à tout prix nier leur attirance, il finissait par admettre qu'elle le troublait !

— Ça ne change d'ailleurs rien à l'affaire, ajouta-t-il d'un ton calme et résolu.

Tout ce qu'il lui avait confié auparavant sur la femme de ses rêves restait vrai, se dit tout à coup Valérie. Et, bien qu'elle se rende compte qu'elle pourrait facilement tomber amoureuse de lui, Valérie savait aussi qu'elle ne serait jamais heureuse dans un rôle de femme au foyer. Une femme d'affaires, voilà ce qu'elle était, et on n'y pouvait rien changer, pas plus qu'on ne pourrait convaincre Colby de renoncer à la médecine.

— David se remet remarquablement bien, dit Colby, apparemment désireux de changer de conversation.

Valérie accueillit la remarque avec joie. Norah lui avait déjà fait part des progrès de leur père, mais elle désirait s'entendre confirmer la bonne nouvelle.

— Je crois qu'il nous réserve des surprises, poursuivit Colby. Il est capable de vivre centenaire !

Valérie remercia Colby d'un sourire. L'émotion lui nouait la gorge.

— Nous te devons tant, Colby.

Ce dernier parut content de voir la serveuse approcher, ce qui coupait court aux remerciements.

La soupe était délicieuse mais, après quelques cuillerées seulement, et quelques bouchées de melon, Valérie repoussa son assiette, l'appétit coupé. Colby la regardait, les sourcils froncés.

— Ça ne te plaît pas ?

— C'est délicieux, mais... Je me demandais comment je pourrais te quitter sans verser de larmes.

Elle n'avait pas eu l'intention de se montrer mélodramatique, et ce ne fut qu'en les prononçant qu'elle saisit la portée de ses paroles. Colby se taisait ; il l'étudiait, le regard grave.

— Ce doit être facile de t'aimer..., dit-il enfin.

— Mais..., commença-t-elle pour lui faciliter la tâche.

— Mais ça ne marcherait jamais entre nous.

— Exact, répliqua-t-elle d'un ton convaincu.

Pourtant, son cœur était loin de partager cet avis.

— Valérie...

David sourit tendrement à sa fille. Comme elle approchait de son lit, il lui prit la main et la porta à ses lèvres.

— Je me demandais quand tu viendrais.

— Je... je suis allée dîner.

— Toute seule ?

— Non, répondit-elle simplement.

Elle ne tenait pas à lui confier qu'elle était avec Colby. En outre, un autre point la chiffonnait qu'elle voulait éclaircir avec son père.

— Qu'est-ce que m'a raconté Norah ? commença-t-elle affectueusement. Il paraît que tu prétends avoir eu une vision ?

De nouveau, David Bloomfield sourit, et une étincelle s'alluma dans son regard fatigué.

— Pendant l'opération, je suis mort, tu sais. Demande à Colby si tu ne me crois pas.

Valérie se rappelait vaguement que Colby avait fait allusion à un arrêt cardiaque.

— Je sais que c'est un miracle que tu sois parmi nous, papa, dit-elle en lui serrant la main.

— Plus que tu ne l'imagines ! Maintenant, je ne veux pas que tu pousses les hauts cris comme Norah et j'espère que tu sauras m'écouter calmement. Voilà : j'ai eu ce que les journalistes appellent une expérience de mort approchée.

— Tu as eu l'impression de te trouver dans un long tunnel noir avec une éblouissante lumière au bout ?

— Pas du tout. Je me trouvais dans un jardin.

David hochait la tête d'un air heureux.

— Le jardin d'Eden ? demanda Valérie par manière de plaisanterie.

— Je n'en sais rien, répondit-il sérieusement. Je n'ai pas tellement fait attention aux arbres, mais il se peut qu'il y ait eu un pommier. Tout ce que j'ai remarqué, c'était une très jolie femme qui soignait des rosiers.

— Maman ?

La respiration coupée, Valérie se demandait d'où lui était venue cette idée.

En souriant, David ferma les yeux.

— Nous avons eu une longue conversation, ta mère et moi. Elle m'a convaincu que mon heure n'était pas arrivée. Ça ne me plaisait pas trop, parce que j'aurais préféré rester avec elle.

— Papa, je...

— Ecoute-moi sans m'interrompre. J'ai encore beaucoup à te raconter et mes forces déclinent. Grace est très fière de toi, mais elle m'a prié de te transmettre ce message : il faut prendre le temps de vivre avant qu'il ne soit trop tard.

Valérie tressaillit car c'était sans conteste le genre de propos que sa mère aurait pu tenir.

— Et elle m'a traité de vieux fou parce que j'essayais de te marier à Colby.

— Mais...

Craignant d'en dire trop, Valérie se tut.

— Elle prétend que je dois m'excuser.

Valérie garda le silence.

— Mais il y a plus ; beaucoup plus. Grace m'a donné des tas de raisons de rester sur terre.

— Je suis si heureuse qu'elle t'ait convaincu, bredouilla Valérie.

Les yeux de son père se fermaient ; il les rouvrit avec effort.

— Elle m'a également parlé de Stéphanie et de Norah.

— Une autre fois, papa, murmura Valérie en lui tapotant la main.

— Je veux te raconter tout de suite.

— Chut ! Il faut que tu dormes...

— Vous allez vous marier ; toutes les trois ! Ta mère en est sûre.

— Naturellement, papa. Ça arrivera un jour ou l'autre.

— Bientôt. Très bientôt...

— Tant mieux, chuchota-t-elle, persuadée qu'il ne l'entendait plus.

Ainsi son père aurait fait l'expérience de la mort approchée... Valérie ne savait trop quel crédit accorder à ses propos. Se marier n'entrait pas dans ses plans à court terme. L'idée d'une relation avec Rowdy Cassidy avait singulièrement perdu de son attrait, ces derniers temps, et comme épouser Colby paraissait hors de question...

— Elle m'a donné douze raisons de vivre, annonça David d'une voix ensommeillée. Douze excellentes raisons...

Valérie se souvint que Norah avait fait allusion au chiffre 6. Pourquoi donc son père parlait-il tout à coup par énigmes ?

— Douze raisons..., répéta Valérie en se penchant pour embrasser son père.

Les paupières de ce dernier battirent, et il sourit d'un air malin.

— Oui, mes petits-enfants. Toi, ma chérie, tu m'en donneras trois. Et dans un avenir très proche.

6.

— Quand as-tu parlé à ton père pour la dernière fois ? demanda Colby à Valérie lorsqu'elle arriva le lendemain matin, les bras chargés de branches de pommiers en fleur destinées à la salle des infirmières.

A son ton irrité, Valérie devina sans peine ce qui s'était produit.

— Papa t'a parlé du jardin d'Eden, c'est ça ?

— Tu es donc au courant, marmonna Colby, l'air contrarié.

— Considère le bon côté des choses : papa a retrouvé le goût de se battre.

La grimace de Colby s'accentua pourtant.

— Il s'est excusé pour avoir suggéré de nous marier.

— Tu vois ce que je te disais ! s'exclama Valérie avec un petit rire. Maintenant, tout est clair entre nous !

Cependant, la perspective ne semblait pas réjouir Colby.

— Il affirme que tu seras mariée avant la fin de l'été et que tu lui donneras très vite trois petits-enfants.

— Eh oui ! On dirait que je vais être très occupée...

Valérie ne parvenait pas à prendre tout ça au sérieux. Son père avait eu une hallucination, voilà tout. Une hallucination bien plaisante et aux conséquences pour l'instant heureuses. D'un autre côté, il était hautement improbable qu'elle se marie dans les prochains mois ; et, *a fortiori*, qu'elle connaisse si vite les joies de la maternité !

— A-t-il précisé *qui* tu devais épouser ?

— Non. Il ne l'a pas non plus révélé à Norah. Tout ce qu'elle sait, c'est qu'elle donnera naissance à six enfants ! Trois garçons et trois filles. Tu crois à tout ça, toi ?

Une ombre passa sur le visage de Colby.

— Ça peut en effet paraître ridicule, mais... Enfin, n'y pensons plus.

— Tu sais quelque chose sur ce genre d'expérience ? Dis-moi !

Colby haussa les épaules comme s'il regrettait son allusion.

— Il s'agit d'une de mes patientes. Une femme âgée qui prétendait également avoir fait une expérience de mort approchée. C'était... plutôt étrange.

— Elle savait qui ses enfants épouseraient et combien ils auraient d'enfants ? demanda Valérie d'un ton sarcastique.

— Non, répondit Colby dont le regard trahissait l'embarras.

Cette fois, Valérie ne put contenir sa curiosité.

— Qu'est-il arrivé ?

— Eh bien, ensuite, il semble qu'elle ait été capable de lire dans le futur. Elle a prédit, je suppose que c'est le mot, certains événements de la vie politique. Elle ne savait pas comment ça pouvait se faire, elle constatait seulement qu'elle avait vu juste.

— Je ne comprends pas très bien.

En rapportant les faits, Colby ne paraissait pas très à l'aise.

— Cette personne n'avait pas suivi d'études ; et elle ne s'était jamais beaucoup intéressée à l'histoire ou à la politique. Or, après cette expérience, elle fut soudain capable de discuter de graves problèmes de politique générale avec discernement et compétence. Elle ne comprenait pas ce qui lui arrivait, et je n'avais aucune explication médicale à lui fournir. En somme, ce phénomène est resté un mystère pour elle comme pour moi.

Jusqu'à présent, Valérie avait trouvé l'histoire plutôt plaisante. Maintenant, elle réfléchissait.

— Alors, que penses-tu du rêve de papa ?

— Je n'en sais vraiment rien.

Ni l'un ni l'autre ne paraissaient plus du tout amusés.

— Mais papa est si sûr que je me marierai avant la fin de l'été...

— Je sais...

Colby hocha gravement la tête avant de reprendre :

— Crois-tu cela possible ? Je veux dire, y a-t-il quelqu'un au Texas que tu puisses envisager d'épouser très vite ? A ce que j'ai compris, tes relations étaient encore très incertaines avec cette personne...

Les mains dans le dos, Colby se mit à arpenter nerveusement le couloir.

Valérie hésita.

— Oui. C'est que...

— Continue ! ordonna Colby d'un ton âpre.

— C'est mon patron, Rowdy Cassidy. Tu comprends, nous nous voyons tous les jours, nous voyageons même très souvent ensemble, et nous nous rendons à des dîners d'affaires. Quand papa a soulevé la question de mon mariage, euh... il m'a paru évident que, si je devais épouser quelqu'un, ce serait Rowdy. Nous partageons les mêmes idées, les mêmes ambitions. Bref, nous nous entendons très bien...

— Si c'est le propriétaire de la CHIPS, c'est un homme fortuné.

La mâchoire de Colby se crispa comme s'il désapprouvait.

— Sais-tu quelque chose sur Rowdy que j'ignorerais ?

— Je n'ai jamais rencontré ce monsieur. Tout ce que j'en connais, c'est par les journaux. Mais, selon toutes les apparences, vous formeriez un beau couple.

Sur ces mots froidement prononcés, Colby tourna les talons et s'en fut.

— Colby ! cria Valérie, revenue de sa surprise.

Elle courut après lui.

— Que se passe-t-il ? Tu agis comme si je t'avais blessé.

— Pas du tout, affirma-t-il d'une voix contenue, mais son regard démentait ses paroles. Je me rappelle simplement ce que tu as dit hier sur le fait de se quitter. Et je me demande à mon tour comment je ferai pour te laisser épouser un autre homme.

Aux yeux de Valérie, la solution était on ne peut plus simple. Colby n'avait qu'à l'épouser lui-même.

— Et toi, demanda-t-elle, brûlant du désir de savoir, y a-t-il quelqu'un dans ta vie ?

Comme il opinait de la tête, elle crut que son cœur allait s'arrêter de battre.

— Norah t'a peut-être parlé de Sherry Waterman, dit-il.

— Une infirmière ?

De nouveau, Colby acquiesça d'un signe de tête.

— C'est une fille très douce et compétente. Après une spécialisation en obstétrique, elle est devenue sage-femme.

— Eh bien... vous paraissez particulièrement bien... assortis.

Les mots avaient eu quelque difficulté à sortir de la bouche de Valérie, mais enfin, c'était dit. Après tout, il était exact que Sherry Waterman représentait la femme idéale pour Colby.

— Nous nous fréquentons depuis un an.

— Un an ! répéta Valérie, surprise qu'il ne se soit pas encore déclaré. Tu ne devrais plus la faire attendre.

— C'est ce que je me dis.

Ces mots atteignirent cruellement Valérie, mais elle fit contre mauvaise fortune bon cœur.

— J'en suis heureuse pour toi, Colby.

— Rowdy Cassidy sera un bon mari, j'en suis sûr.

Les yeux de Colby, sombres et intenses, sondaient les siens. Valérie sourit et hocha la tête. Puis tous deux se séparèrent et partirent dans des directions opposées. Et, bien qu'elle en mourût d'envie, Valérie ne se retourna pas.

— Valérie, c'est Rowdy. Je viens aux nouvelles puisque nous n'entendons plus parler de toi.

A quand remontait son dernier coup de téléphone ? se demanda Valérie. Deux jours. Deux jours entiers ! Elle n'arrivait pas à le croire ! Jusqu'à présent, son métier représentait tout pour elle ; et ce n'était plus vrai. Elle avait perdu de vue ses responsabilités, oublié ce qui était autrefois l'essentiel.

— Mon père a subi une opération à cœur ouvert.

— Oh ! Comment va-t-il ?

— Très bien, en fait. Ces dernières heures, il a réalisé des progrès remarquables.

De ce côté, tous les espoirs étaient à présent permis. S'il restait une source de contrariété pour Valérie, c'était de n'avoir aucune nouvelle de Steffie. Elle avait passé sa matinée à téléphoner aux aéroports, mais en vain.

— Tu nous manques, dit Rowdy Cassidy.

Valérie se le représentait, presque couché dans son fauteuil de cuir, ses pieds chaussés de bottes de cow-boy, posés sur le rebord de son bureau. Elle ne pouvait se rappeler avoir jamais vu Rowdy sans ses bottes et son chapeau. A ses yeux, il représentait le Texan typique, l'homme qui mord à pleines dents dans la vie, et pour lequel à tout problème il existe une solution. Il travaillait dur et vivait intensément.

— La CHIPS me manque aussi.

— Aucune idée de la date de ton retour ?

— Désolée. Si c'est pour le contrat avec la Old West Bank...

— Non, non, s'empressa de dire Rowdy. Ne t'inquiète pas pour ça ! Nous nous en sortons bien. Je voulais juste que tu saches à quel point tu me manques.

L'usage du pronom n'échappa pas à l'attention de Valérie. Ainsi, elle ne s'était pas trompée : elle plaisait à Rowdy.

— Mon père te remercie pour les fleurs ; elles sont arrivées hier matin...

Valérie se sentait tout à coup gauche et empruntée. L'idée que leur relation se déplaçait vers un terrain nouveau était, somme toute, plutôt déroutante et même effrayante.

— En réalité, elles étaient pour toi. J'ai pensé qu'au fond de ce triste hôpital, tu avais besoin d'une touche de lumière et de gaieté.

— Tu es gentil...

— C'est bien le moins que je puisse faire pour ma collaboratrice préférée. Dépêche-toi de revenir !

— Certainement. Merci d'avoir appelé, Rowdy.

Tandis que Valérie reposait lentement le combiné, un soupir s'échappa de ses lèvres. Puis elle rejoignit Norah dans la salle d'attente.

— C'était Rowdy Cassidy, expliqua-t-elle sans aucune nécessité.

— Es-tu amoureuse de lui ? Je pensais que Colby et toi pourriez vous entendre, mais...

Norah ne termina pas sa phrase.

— Colby n'est pas libre, dit Valérie d'un ton qu'elle s'efforça de rendre désinvolte. Il a une liaison avec Sherry Waterman.

Il en fallait davantage cependant pour abuser Norah.

— Si je ne t'ai jamais parlé de Sherry, c'est qu'il y a une raison.

— Ah bon ? dit Valérie en haussant les épaules.

Elle avait bien pensé à questionner sa sœur, mais avait finalement préféré rester dans le vague.

— Soyons sérieuses ! Ça fait presque un an que ces deux-là se connaissent. Si Colby avait vraiment des vues sur Sherry, il lui aurait déjà demandé sa main. Sherry elle-même en est consciente. A ce que j'ai entendu dire, elle voit quelqu'un d'autre. Je ne l'en blâme pas, se dépêcha d'ajouter Norah. Ce doit être frustrant d'aimer un homme qui ne répond pas à votre flamme.

— Certainement, dit distraitement Valérie.

— Tu ne m'as toujours pas répondu. Es-tu, oui ou non, amoureuse de ce Rowdy ?

De nouveau, Valérie haussa les épaules. Cette conversation la mettait mal à l'aise ; d'ailleurs, à vrai dire, elle n'en savait rien.

— Oui et non.

— On croirait entendre Colby ! Il aime ce que représente Sherry parce que ça correspond à l'image qu'il se fait de la femme, mais...

— Qu'est-ce qui l'empêche d'aller plus loin ?

— Je crois qu'il s'ennuie avec elle. Ne te méprends pas sur mes propos, Valérie. Sherry est loin d'être une personne fade ou inintéressante. Quand j'y pense, nous nous ressemblons, elle et moi. Toutes deux, nous attachons du prix aux petites choses de l'existence. Nous n'avons aucun besoin de reconnaissance sociale ou d'activités mondaines. Donne à choisir à Sherry entre une soirée entre amis à la maison et un dîner au restaurant, elle préférera rester chez elle.

— Je vois.

— Je trouve que tu conviendrais mieux à Colby.

— Moi ? s'écria Valérie, stupéfaite.

Sa sœur ne venait-elle pas de dresser le portrait de la femme idéale selon Colby, qui ne correspondait en rien à ce qu'elle était ?

— J'ai bien vu les regards que vous échangiez, continua Norah, songeuse. Je ne suis pas aveugle, tu sais. Et puis, autour de vous, l'air est comme chargé d'électricité.

— Vraiment ?

— Vraiment !

— L'ennui, c'est que nous en avons décidé autrement. Il est vrai que nous éprouvons une mutuelle attirance, mais nous savons très bien que ça ne marcherait jamais entre nous.

Désireuse de couper court à la conversation, Valérie jeta un coup d'œil à sa montre.

— Eh bien, je crois que je vais aller voir papa.

— Va, répondit Norah avec un sourire entendu.

David Bloomfield avait repris un peu de couleur. En apercevant sa fille aînée, il sourit.

— Je trouve que tu as bien mauvaise mine, dit-il en lui rendant son baiser. Tu passes trop de temps dans cet hôpital. Accorde-toi donc une petite sortie.

— Mais, papa...

— Ça te fera du bien. Et, s'il te plaît, plus de nuits sur ce divan défoncé !

Pour la première fois depuis son arrivée, Valérie avait dormi à la maison et, au matin, elle s'était étonnée de se sentir si bien reposée.

Les ouvriers agricoles commençaient tout juste à traiter les pommiers, et elle entendait le bruit familier de leurs appels et de leurs rires. Elle se revoyait parcourant les allées rectilignes du verger, escaladant les branches basses, assise à la fourche d'un vieil arbre telle une princesse de conte de fées surveillant son royaume. Car la Vallée des Orchidées était un lieu magique, flottant hors des atteintes du temps.

Pour Valérie, revenir en ces lieux signifiait renouer avec son passé. Les gens se montraient amicaux, et chacun avait à cœur d'aider son prochain. La vallée était un coin de paradis qu'elle aimait plus qu'aucun lieu au monde. Et pourtant elle n'avait jamais pu supporter d'y rester. Ici, elle ne pouvait libérer ses instincts de battante, il n'y avait aucun défi à relever. Non, son avenir était au Texas, et elle en acceptait l'idée avec un seul regret : Colby.

— J'ai passé la nuit à la maison, dit-elle doucement, se forçant à secouer ses tristes pensées.

— Je sais. J'ai vu Colby.

Elle attendit, guettant une indication, un signe. Mais son père ne laissa rien deviner de ses sentiments.

— Alors ? Qu'a dit le bon docteur ?

— Pas grand-chose.

— A-t-il parlé de moi ? ne put-elle s'empêcher de demander.

— Non. Pourquoi ? Devait-il me dire quelque chose ?

— Mais non, voyons. Quelle idée !

— A quel sujet m'aurait-il parlé de toi ?

— Je ne sais pas, moi...

La réponse fit sourire David Bloomfield. Valérie, en revanche, était contrariée d'avoir abordé le sujet.

— Ainsi, tu apprécies mon médecin ! Ne nie pas, chérie. Tu n'as jamais su dissimuler tes sentiments.

— Je n'ai rencontré aucun homme qui me plaise davantage.

Inutile de chercher à tromper son père ; il la connaissait trop bien. Mieux parfois qu'elle-même.

— Et lui plais-tu ?

Il parlait doucement, comme on s'adresse à un enfant.

Valérie hésita un instant avant de hocher affirmativement la tête.

— ... mais nous savons, l'un comme l'autre, que ça ne marchera jamais.

Elle s'attendait à une protestation, l'espérait même. Il n'y eut rien.

Découragée, Valérie embrassa son père et se prépara à regagner la salle d'attente. En chemin, elle aperçut Norah en grande conversation avec un médecin et en fut heureuse. Un peu de solitude ne lui ferait pas de mal.

Après tout, se disait-elle, agacée, pourquoi des gens très différents ne pourraient-ils s'éprendre l'un de l'autre et former un couple heureux ? Ses parents en étaient la meilleure illustration. Enfant, elle ne se lassait pas d'entendre le récit de leur rencontre qui s'apparentait pour elle à un véritable conte de fées.

Son père avait combattu en Corée. Ensuite, il était allé à l'université aux frais de l'armée et avait obtenu ses diplômes. Avec ses rêves pour seul trésor, il avait construit un véritable empire financier et s'était considérablement enrichi. C'est alors qu'il avait été victime de ce rhumatisme articulaire qui avait failli lui coûter la vie. Il se remettait lentement à l'hôpital lorsqu'il avait fait la connaissance d'une jeune infirmière ; et, du moment où son regard s'était posé sur Grace Johnson, David Bloomfield avait su qu'il n'y aurait pas d'autre femme dans sa vie. Jamais il ne lui était venu à l'esprit qu'elle pourrait refuser de l'épouser.

Il lui avait fallu des mois pour la convaincre. Bien qu'elle soit profondément éprise de lui, Grace craignait la vie commune. Elle était fille de pasteur, élevée très simplement, et pensait leur manière de voir les choses inconciliable. Pourtant, au fil des ans, ils avaient su démontrer que l'amour vient à bout de tous les pièges.

Eh bien, songea Valérie en soupirant, sa propre histoire

d'amour n'aurait pas une fin aussi heureuse... Si elle avait eu la moindre chance de connaître le bonheur avec Colby, son père l'aurait encouragée en ce sens.

Et il ne l'avait pas fait.

Valérie travaillait dans le bureau de la vieille maison coloniale. Elle mettait ses dossiers en ordre quand elle vit un petit bolide rouge emprunter l'allée pour venir se garer devant la porte. L'espace d'un instant, l'idée l'effleura que ce pouvait être Colby, et son cœur se gonfla d'espoir. Cependant, le médecin possédait une voiture beige... Valérie se dirigea vers la porte d'entrée.

Il s'agissait de Charles Tomaselli, la mine sombre et l'air fatigué.

— As-tu des nouvelles de Stéphanie ? demanda-t-il, avant même de penser à la saluer.

L'absence de sa sœur tracassait beaucoup Valérie. Elle avait fait son possible pour la retrouver, y compris lancer un appel par l'ambassade américaine de Rome, mais sans résultat. Steffie semblait s'être évaporée dans la nature.

— Aucune. Je ne comprends pas ce qui a pu lui arriver.

— A quand remonte votre dernière conversation ?

Valérie réfléchit un instant. Avec les récents événements, elle avait perdu la notion du temps.

— C'était avant l'opération de papa. Steffie pensait arriver le lendemain soir.

— Quarante-huit heures sans nouvelles !

Quel besoin avait-il de souligner le fait ? Elle en était bien consciente sans ça ! pensa avec irritation Valérie.

— Elle devait transiter par Tokyo.

— Par Tokyo !

— Elle n'avait pas le choix.

— Tu ne crois pas qu'il serait temps de faire quelque chose ? suggéra Charles.

— J'ai déjà mené ma petite enquête sans résultat. Si tu as d'autres idées...

Charles s'assit sur les marches du perron. Les coudes sur les genoux, il réfléchissait.

— Je ne devrais pas te le dire, Valérie, mais ça m'inquiète. Elle devrait être là.

— Je sais.

— J'ai fait marcher mes relations, reprit Charles d'un air absent. Aucune trace de Steff sur les vols en partance de Rome. Si elle n'est pas arrivée demain, il faudra prendre contact avec les autorités.

Le cœur serré, Valérie acquiesça.

— Je suis sûre qu'elle va bien, ajouta-t-elle après un instant.

— Qu'est-ce qui te fait dire ça ?

— Je n'en sais rien... Je le sens, c'est tout.

Charles se leva. Il paraissait incapable de rester en place.

— J'espère que tu as raison, dit-il, le regard perdu sur l'allée qui menait à la route.

Ce soir-là, Norah revint de l'hôpital tout excitée.

— C'est fou comme papa se remet ! s'écria-t-elle en apercevant sa sœur. Je n'arrive pas à le croire.

Valérie sortit du réfrigérateur les crevettes en salade qu'elle avait préparées pour le dîner. Si elle n'était pas douée pour la cuisine, elle savait tout de même préparer quelques plats très simples.

Valérie avait passé sa journée dehors. La suggestion de son père de quitter un peu l'atmosphère étouffante de l'hôpital l'avait tout d'abord un peu irritée. Mais, comprenant le bien qui résultait pour elle de replonger dans la chaude ambiance de leur petite communauté, elle avait fini par admettre la sagesse du conseil. Dans la sérénité de la Vallée, elle exorcisait ses frayeurs. Après une longue promenade au milieu des vergers en fleurs, elle avait regagné la maison et, comme elle n'avait jamais su rester inactive, elle avait installé une annexe de la CHIPS dans le bureau de son père.

— Je reprends le travail demain, annonça Norah. Je continuerai de voir papa. Ça t'est égal, n'est-ce pas ?

— Naturellement. Fais pour le mieux.

— Tu ne vas pas partir ? Je ne reprends mon emploi que parce que l'hôpital manque cruellement de bras.

— Je comprends très bien.

Norah mangea encore un peu de salade, puis s'inquiéta :

— Tu es bien silencieuse ce soir, il y a un problème ?

— Non, rien de particulier.

Valérie ne voulait pas évoquer devant Norah la disparition de leur sœur.

— Colby a demandé après toi.

Valérie ressentit une crispation au creux de l'estomac. Tout en se réjouissant d'apprendre qu'il se souciait d'elle, elle ne pouvait manquer d'appréhender la suite.

— Il voulait savoir où tu étais.

— L'as-tu renseigné ?

— Bien sûr. Ce n'était pas un secret. Il a dit que c'était une excellente idée.

Norah s'intéressa un moment au contenu de son assiette avant d'ajouter :

— Il voulait que je lui parle de Rowdy Cassidy.

Valérie posa sa fourchette.

— Que lui as-tu dit ?

— La vérité ! Que je ne l'ai jamais rencontré ; mais que papa fait grand cas de lui. Tu ne le sais peut-être pas, mais papa suit de près l'évolution de la CHIPS. Il pense que Rowdy est un génie. Mais c'est drôle, je ne crois pas que ça fasse plaisir à Colby.

— J'ai acheté les crevettes chez Vern, dit Valérie, changeant brusquement de conversation. Il les a cuites lui-même ce matin.

— Tu ne tiens pas à parler de Colby ?

Pour toute réponse, Valérie sourit. Cependant, il était bien difficile de tromper Norah.

— Tu restes à la maison ce soir ? demanda-t-elle.

— Je pense que je vais aller voir papa à l'hôpital. A part ça, rien en vue. Pourquoi ?

Norah haussa négligemment les épaules.

— Oh ! comme ça. J'avais dans l'idée que Colby chercherait à te joindre.

Norah avait vu juste. Quand Valérie revint de l'hôpital, elle trouva un mot accroché sur la porte de sa chambre. « Colby a appelé. Il veut te parler demain matin. »

La lecture de cette note fit naître chez Valérie des sentiments contradictoires. Puis elle décida d'oublier ses préoccupations pour ce soir et de se mettre sagement au lit. Toutefois, ses espoirs de s'endormir rapidement furent déçus. Elle se tourna et se retourna une bonne heure dans son lit avant de finalement sombrer dans un sommeil peuplé de rêves où Colby figurait en bonne place.

Il était beau et charmant.

— Tu ne m'oublieras jamais, n'est-ce pas ? disait-il.

Valérie ne répondait pas, mais le regardait, le regardait... Puis il disparaissait, et elle criait son nom, mais en vain.

Trempée de sueur, Valérie s'assit sur son lit. Il lui fallut un moment avant de réaliser qu'on s'agitait en bas. Bondissant sur sa robe de chambre, elle sortit en hâte de sa chambre. Du palier, elle aperçut Norah, riant et pleurant à la fois, et des bagages amoncelés dans l'entrée.

— Steffie ! cria-t-elle en dévalant l'escalier.

En effet, la benjamine des sœurs Bloomfield avait enfin rejoint le domicile familial.

7.

Colby examinait la feuille de soins au pied du lit de David Bloomfield. Tout le temps qu'il tint le regard baissé, il fut conscient du malicieux sourire qui jouait sur les lèvres du malade.

— J'imagine que vous vous sentez bien, ce matin ?

Le sourire de David s'accentua.

— Mieux d'instant en instant. Combien de temps encore comptez-vous me garder prisonnier ? J'aimerais bien rentrer chez moi.

— Plus qu'une semaine de patience, dit Colby en replaçant la feuille.

— Une semaine, comme vous y allez ! Moi je crois que vous me gardez parce que ça vous donne un prétexte pour voir Valérie deux fois par jour !

Colby allait défendre avec indignation sa morale professionnelle quand il se rendit compte que son ami plaisantait.

— Je vais vous faire transférer au service de soins intensifs, dit-il sans relever. Mais, auparavant, je voudrais que vous vous leviez et marchiez un peu.

— Je me suis déjà levé.

Colby eut l'air surpris. Rien de ce genre n'était mentionné sur la feuille de soins.

— Je n'ai rien dit à personne. Mais, comme je me sentais un peu cotonneux, j'ai seulement fait le tour de mon lit. Ça m'a fatigué.

— Je vous interdis de vous lever quand personne ne vous surveille ! s'écria Colby de sa plus grosse voix.

— Bon, bon, ne vous fâchez pas !

Se tapotant le menton, David étudiait Colby.

— Elle est belle, ma fille aînée, hein, Doc ?

Colby ignora la remarque.

— Je vous envoie une infirmière. En un rien de temps, vous vaincrez le couloir.

— Il paraît que Rowdy Cassidy lui aurait téléphoné plusieurs fois.

Colby se raidit. Il avait fini par se persuader que Rowdy Cassidy était l'homme qu'il fallait à Valérie. Il savait très bien qu'avec son énergie à revendre et ses projets, elle ne se contenterait jamais d'être femme de médecin. Cependant, même sachant cela, il avait du mal à l'admettre.

Il n'avait jamais pensé à lui comme possédant une âme romanesque. Son métier avait consumé toutes ses passions. Dans sa vie, tout avait été assujetti à un seul objectif : devenir chirurgien. Et ce n'était que très récemment que l'avait effleuré le désir de se marier et de fonder une famille.

Placé devant cette éventualité, il avait méticuleusement brossé le portrait-robot de celle qui pourrait lui convenir. C'était à cette époque qu'il s'était mis à fréquenter Sherry Waterman avec l'arrière-pensée que, si ça ne marchait pas avec elle, Norah serait également parfaite, bien que leur différence d'âge le chiffonne un peu.

Au début, il avait aimé la compagnie de Sherry qu'il trouvait rafraîchissante. Les problèmes étaient venus ensuite, quand il s'était aperçu que Sherry était entièrement prévisible. Avec cette femme qu'il jugeait idéale, il s'était mis à s'ennuyer. A présent, il n'était plus tout à fait aussi certain de vouloir une épouse d'humeur égale et domestique...

En fait, s'il s'était conformé à ses plans, il serait déjà marié.

Or, il ne l'était pas.

Et — ce qui l'irritait encore davantage — la seule femme qu'il trouvât réellement attirante, c'était Valérie Bloomfield. Alors que n'importe quelle personne douée d'un grain de bon sens aurait tout de suite vu qu'ils n'avaient rien de commun.

Depuis des mois, David Bloomfield s'arrangeait toujours au cours de leurs conversations pour amener le nom de sa fille aînée sur le tapis. Avant même qu'il ne la rencontre, Colby s'était déjà lassé d'entendre parler d'elle. Il s'attendait même à ne pas l'apprécier. Et pourtant, pour être sincère, il devait reconnaître qu'elle l'avait séduit corps et âme ! Il devenait grand temps de réagir et de mettre un terme à cette comédie.

— Cassidy serait un bon parti pour Valérie, dit-il avec désinvolture.

David ne devait surtout pas deviner ses sentiments ! S'il n'était pas déjà trop tard, car Colby soupçonnait le vieil homme de posséder un sixième sens.

— Entièrement d'accord avec vous, répondit David avec le même naturel.

Les mâchoires de Colby se crispèrent ; il crut sa colère proche d'exploser. Qu'elle épouse ce type, et grand bien leur fasse à tous !

— Stéphanie est enfin arrivée, reprit David. Elle m'a rendu une petite visite ce matin. Quel tableau charmant pour des yeux fatigués !

Colby opina. Il ne pouvait s'ôter de l'esprit l'idée torturante de Valérie épousant son employeur. Enfin ! il lui faudrait bien s'y habituer, car ce mariage ne saurait tarder. Ce n'était certainement pas lui qui se gâcherait la vie en épousant quelqu'un qui ne lui convenait pas !

D'ailleurs, il allait appeler Sherry pour lui proposer de dîner avec lui ce soir, se dit-il avec un regain d'énergie. Et puis, il éviterait Valérie, aussi dur que ce puisse être.

Malheureusement pour Colby, la première personne qu'il vit en quittant son service fut Valérie qui semblait l'attendre. Et, comme d'habitude, à sa vue, il sentit son cœur se gonfler de joie.

Il se rappela le moment où il était allé la trouver, après la mort de Mme Murphy, et comment elle avait su atténuer sa tristesse et son sentiment d'impuissance. Partager ses ennuis avec elle, sans qu'il sache pourquoi, les allégeait. Et il semblait que leur conversation l'avait également aidée, elle, à accepter plus sereinement la maladie de son père.

Ils se réconfortaient mutuellement. En y songeant, Colby comprit pourquoi il ne pouvait considérer son attirance pour Valérie comme purement sexuelle. Cet aspect existait, naturellement; cependant, plus qu'aucune autre femme, Valérie était son égale. En intelligence, en puissance émotionnelle et dans son engagement vis-à-vis de ceux qu'elle aimait.

Chaque fois qu'il se trouvait avec elle, Colby se laissait envahir par une joie qui l'émerveillait, et qui la lui faisait désirer de plus en plus fort. Et pourtant, pouvait-il envisager de se lancer dans une relation vouée à l'échec ?

— Tu voulais me voir? demanda Valérie, le regard interrogateur.

Il secoua la tête.

— Pourtant, d'après Norah...

— Ah ! oui. Rien d'important.

Il se serait battu pour ce coup de téléphone de la veille. La journée avait été pénible, et il n'avait pu résister à l'envie d'entendre sa voix.

— Je voulais simplement te prévenir que ton père

quittait le service de chirurgie. Ses progrès sont remarquables. S'il continue comme ça, je le lâche dans moins d'une semaine.

Les yeux de Valérie exprimèrent son soulagement et sa joie.

— C'est merveilleux ! On dirait que tous les bonheurs nous sont donnés en même temps. Je ne sais pas si tu es au courant : Steff est arrivée hier soir !

Colby la regardait avec attention. Bien qu'elle n'en dise pas davantage, il sentit que quelque chose la tracassait.

— Que se passe-t-il ?

— Eh bien, dit Valérie dont le visage exprimait la surprise d'être percée à jour, elle se trouvait dans la salle d'attente en train de lire le dernier numéro de *La Gazette de la Vallée* quand elle a bondi sur ses pieds, me demandant si j'en avais pris connaissance. Mais avant que j'aie pu répondre quoi que ce soit, elle était sortie. Je ne crois pas me rappeler avoir vu Steff si furieuse. J'ignore de quoi il s'agit, mais ça ne m'étonnerait pas que ce soit en relation avec Charles Tomaselli !

— Elle t'en aurait parlé.

— Elle le fera peut-être. Je parie que ça concerne l'article qu'il a écrit avec le concours de papa. Je ne comprends pas quelle mouche l'a piquée. C'est terrible, ces deux-là sont toujours à se chamailler comme chien et chat. Ça m'a toujours étonnée, car j'ai plutôt l'impression qu'elle tient à lui.

Colby résista à la tentation de lui proposer une tasse de café. Résister, il ne faisait que ça avec Valérie. Pourvu seulement qu'il tienne jusqu'à ses retrouvailles avec son Cassidy !

⁂

— Valérie...

Steffie se tenait dans l'embrasure de la porte de la chambre de sa sœur.

— Tu as un moment ?

— Naturellement.

Valérie lisait dans son lit, pourtant son esprit divaguait à des lieues des dernières découvertes de la technologie informatique. Quoi qu'elle fasse, ses pensées revenaient toujours à son seul et unique sujet de préoccupation : Colby Winston.

Steffie alla s'asseoir près d'elle.

— Je me suis ridiculisée ce matin, dit-elle, les yeux baissés.

Valérie attendit, mais rien ne vint. Sa curiosité était maintenant en éveil, cependant elle ne voulait pas paraître indiscrète.

— C'est au sujet de Charles. Ce n'est pas la première fois, d'ailleurs. Chaque fois, je me promets bien de ne jamais plus lui parler et, dès que j'arrive ici, c'est plus fort que moi, il faut que j'y aille !

Valérie posa son magazine.

— Il s'est fait un sang d'encre à cause de toi.

— Tu l'as vu ? Quand ? Que t'a-t-il dit ?

Steffie avait relevé la tête. Ses cheveux noirs, longs et lisses, glissèrent le long de son dos ; ses yeux bruns interrogeaient avidement Valérie. Bien que Steffie atteigne vingt-quatre ans, elle paraissait beaucoup plus proche de l'adolescence que de l'âge adulte.

— Je l'ai vu une fois après mon arrivée. Il voulait savoir quand tu serais parmi nous ; et, plus récemment, quand il s'inquiétait si fort de ta disparition. Il s'est démené comme un beau diable pour essayer de retrouver ta trace. Norah et moi étions tellement préoccupées par l'état de papa que nous n'avons guère eu le loisir de nous alarmer, mais Charles, lui, était terriblement anxieux.

— Il espérait seulement que je serais de retour à temps pour me couvrir de ridicule ; en quoi je ne l'ai pas déçu.

— Tu es injuste ! protesta Valérie. Charles a été formidable.

— Avec Norah et toi, peut-être. Mais moi, il ne peut pas me supporter.

Les épaules de Steffie se soulevèrent et elle laissa échapper un soupir à fendre l'âme.

— Comment sait-on quand on est amoureuse ? demanda-t-elle d'un ton plaintif.

Leur mère aurait pu répondre à cette question. Pas Valérie. Il suffisait de considérer la façon dont elle hésitait entre Colby et Rowdy. Tristement, elle hocha la tête. Elle était peut-être très au fait de la technologie de pointe mais, dans le domaine de l'amour, elle faisait preuve d'une totale ignorance.

— J'aimerais bien le savoir, répliqua-t-elle. J'ignore tout de l'amour, et j'espérais que tu pourrais éclairer ma lanterne.

Les sourcils de Steff se froncèrent.

— Il faudra interroger Norah...

— Impossible ! dit Valérie.

Et elle se mit à rire.

— Je ne vois pas ce qu'il y a de drôle...

— Norah n'est pas ici ; elle a un rendez-vous.

Steffie rit à son tour. Non que la plaisanterie soit particulièrement drôle, mais elle était heureuse de partager un moment de complicité avec sa sœur.

— En lisant entre les lignes de tes lettres, j'ai cru deviner que tu étais amoureuse de ton patron, reprit Steff. J'ai toujours trouvé que vous passiez beaucoup de temps ensemble.

— Il me semble que j'étais plus ou moins attirée par lui jusqu'à ce que je rencontre Colby.

— Le médecin de papa ? s'exclama Steffie.

Valérie lui raconta alors les efforts de leur père pour les rapprocher et le résultat partiellement positif.

— Mais si tu es amoureuse de Colby, s'étonna Steffie, pourquoi parais-tu sur le point de pleurer?

— Parce que nous savons, lui comme moi, que notre histoire n'a pas d'avenir. En dépit de son talent, il tient à rester aux Orchidées.

— Et alors? Tu ne souhaites plus y vivre?

— Je crois que je ne pourrais plus y être heureuse. Plus maintenant. De plus...

— Ecoute, si vous vous aimez, je ne vois pas où est le problème.

— C'est justement ce qui me tracasse. Je ne suis pas certaine qu'il s'agisse de l'amour avec un grand A. Pas plus que Colby, d'ailleurs. Les choses seraient tellement plus simples si nous en étions sûrs.

Valérie accompagna ces paroles d'un gros soupir. Sa sœur la considérait avec sympathie.

— Il m'attire, reprit Valérie. Je pense constamment à lui, mais est-ce suffisant pour me faire oublier mes ambitions? Abandonner ma carrière? Que décider? Et si je quitte la CHIPS, qui peut assurer que je ne lui en voudrai pas de m'avoir obligée à faire ce choix? Qui peut dire qu'il ne m'en voudra jamais d'être si peu conforme au modèle traditionnel de la femme? Et puis, même si j'aimais vraiment Colby, comment être sûre qu'il partage mon sentiment?

— J'aimerais que maman soit là, murmura Steffie.

— Moi aussi, répliqua avec ferveur Valérie.

Valérie ne vit pas Colby de plusieurs jours. Quatre pour être précis. Au fur et à mesure que la santé de son père allait s'améliorant, elle passait de moins en moins de temps à l'hôpital, réduisant ainsi ses chances de le rencontrer. A la maison, dans son environnement familier, elle supportait mieux ses craintes et ses doutes.

Elle savait qu'il était temps de songer à retourner au Texas. La crise qui avait menacé la vie de son père était résolue, et rester aux Orchidées ne pouvait qu'en faire naître une autre, quoique dans un genre différent. La CHIPS la réclamait, et Rowdy Cassidy avait besoin d'elle. Elle avait déjà manqué un important contrat, et si Rowdy l'avait encouragée à demeurer près de son père, il lui avait également fait savoir qu'il attendait son retour.

Une raison, cependant, l'avait incitée à différer ce dernier : la sortie de David Bloomfield était proche, et les trois sœurs avaient projeté de fêter l'événement par un dîner où Colby devait être convié. A la surprise de Valérie, ce dernier accepta l'invitation. A sa surprise et pour son plus grand plaisir, car elle se languissait de le voir. Il occupait toutes ses pensées et elle se demandait si la réciproque était vraie.

L'après-midi de ce jour mémorable, Valérie se sentait dans la peau d'une collégienne. La perspective du retour de son père l'excitait à en avoir le vertige, bonheur doublé de celui de revoir Colby.

Norah avait passé son après-midi dans la cuisine. Les talents culinaires de Valérie se réduisant à la préparation des salades, elle s'était vue affectée à la décoration de la table.

— Quelle heure est-il? demanda Steffie de la cuisine.

Valérie, qui disposait les assiettes de porcelaine sur une nappe fleurie dans la salle à manger, jeta un coup d'œil sur la grosse horloge, héritage de leur grand-père.

— 17 heures, annonça-t-elle.

— Ils seront là dans moins d'une demi-heure.

— Me trompé-je en décelant une note de panique dans ta voix? s'enquit en riant Valérie.

— Rien n'est prêt!

Le menu choisi par elles ne comportait aucun des mets préférés de David. Son plat favori était à base de viande et de pommes de terre, mais il allait devoir s'accoutumer aux aliments peu gras et à une alimentation riche en fibres. Les trois sœurs ayant pensé que le plus tôt serait le mieux, on se délecterait donc ce soir-là de saumon cuit à la vapeur accompagné d'une sauce à l'aneth, de riz et de salade.

— La table est mise, annonça Valérie à ses sœurs.

Si sa mémoire était bonne, c'était la première fois depuis la mort de leur mère que l'on sortait le service de porcelaine. Il fallait avouer que l'occasion méritait un tel faste.

Un quart d'heure plus tard, jetant un coup d'œil par la fenêtre, Valérie vit s'engager dans l'allée la Buick beige de Colby.

— Ils arrivent ! s'écria-t-elle.

Et, incapable de contenir sa joyeuse excitation, elle se précipita vers la porte d'entrée. Cet instant était véritablement miraculeux. Après avoir cru perdre son père, Valérie le voyait revenir à la maison avec la perspective d'un nouveau départ. La gratitude emplissait son cœur. C'était plus que tout ce qu'elle aurait osé espérer.

Steffie et Norah la rejoignirent bientôt. Colby sortit le premier de la voiture et en fit le tour afin d'aider David à descendre. Valérie se retint de courir au-devant d'eux. Bien que son père se remette très bien de son opération, il était encore pâle et amaigri. Cependant, ses yeux brillaient de fierté en se posant sur ses trois filles.

Il se pencha vers Colby et lui murmura à l'oreille quelques mots que Valérie n'entendit pas. Colby leva alors vivement les yeux vers la jeune femme. Ils se fixèrent puis, dans un même mouvement, craignant peut-être que leur manège soit surpris, détournèrent précipitamment le regard.

— Le dîner n'est pas prêt, dit Norah tandis que Colby aidait leur père à s'installer dans un fauteuil près de la cheminée.

— Voilà quinze jours que j'attends un repas correct, répliqua David, je peux patienter encore un peu ! J'espère que vous vous êtes surpassées parce que j'ai très envie de faire enfin un festin !

— Ne t'inquiète pas pour ça ! assura Norah avec un clin d'œil à l'intention de Valérie.

— Veux-tu quelque chose, papa ? demanda cette dernière, s'attendant à ce qu'il lui réclame le journal du soir ou une tasse de café.

— J'aimerais que tu ailles voir au verger si tu trouves le jeune Howard. Ça ne t'ennuie pas, Val ?

— Bien sûr que non. Seulement je ne pensais pas que tu te préoccuperais si vite de la conduite du verger.

— Je veux juste savoir ce qui s'est passé en mon absence. J'ai promis à Colby de me ménager, je ne voudrais pour rien au monde ruiner le magnifique travail qu'il a fait sur moi.

— Très bien, dit Valérie en souriant, je vais voir si le contremaître est là.

— Colby, dit David en levant un index impérieux, accompagnez-la. Je n'aime pas la savoir seule dans les vergers.

Bien que le prétexte paraisse vraiment gros, aucun des deux jeunes gens ne protesta.

— Ne te donne pas ce mal, dit seulement Valérie quand ils furent parvenus sur le perron. Je fréquente ces vergers depuis que je tiens sur mes jambes, je ne risque pas de m'y perdre !

— Je m'en doute.

— Papa a inventé cette histoire pour nous ménager un tête-à-tête.

— Ça aussi, je le sais. Ton père m'avait prévenu de son intention.

— Mais..., bredouilla Valérie.

Son père n'avait-il pas paru se réjouir de son prochain mariage avec Rowdy ?

— Comment vas-tu ? demanda Colby tandis qu'ils déambulaient dans le doux soleil de la fin d'après-midi.

Au fond des vergers, sur la droite, se trouvaient les entrepôts dans lesquels un bureau avait été aménagé. Si Dale Howard était encore sur le domaine, c'était là qu'ils le trouveraient.

— Tu m'as manqué, répondit-elle, choisissant d'être sincère.

Colby croisa vivement ses mains derrière son dos, comme pour s'interdire de toucher sa compagne.

— A ce qu'on raconte, ton patron te téléphone tous les jours, dit-il sèchement.

— On prétend que tu as dîné avec Sherry Waterman, lui rétorqua Valérie.

— Ça n'a rien arrangé, murmura Colby. De tout le repas, je n'ai cessé de penser à toi. C'est bien ce que tu souhaitais entendre ?

Valérie gardait obstinément le regard fixé sur le sol.

— Non. Pourtant, ça me fait plaisir.

— Ça ne pourrait pas marcher entre nous, dit Colby comme pour se convaincre. Les actions de la CHIPS ont gagné deux points la semaine dernière, ajouta-t-il, sautant du coq à l'âne.

— Formidable, dit Valérie d'un ton prudent. Rowdy doit être enchanté.

— Tu devrais l'être aussi.

— En tant qu'actionnaire, je le suis. Mais pourquoi me parler de ça ?

— Parce que c'est ton univers. Houston, Rowdy et ses milliards.

Rowdy lui disait la même chose. En d'autres termes, mais ça revenait au même. Il voulait la voir revenir au Texas, avec lui, et il ne se passait pas un jour sans qu'il le lui fasse savoir.

— Quand pars-tu ?

C'était donc là tout ce qu'il voulait. Savoir quand, enfin, elle quitterait la Vallée des Orchidées et sortirait de sa vie.

— Bientôt, répondit-elle, mais sans pouvoir empêcher sa voix de trembler.

L'intensité de son chagrin l'étonna. Elle accéléra le pas.

— Valérie...

— Non, je t'en prie. Tu as raison, je...

Elle ne put terminer sa phrase car Colby l'avait saisie par le bras pour l'obliger à lui faire face. Il lui prit les mains et les plaça derrière sa nuque, puis il la serra contre lui. Avant qu'elle ait pu revenir de sa surprise, il l'embrassait.

Ce fut un moment de pure extase. Et pourtant... pourtant, il n'aurait pas dû en être ainsi. Jamais elle n'aurait dû se sentir si bien dans les bras de Colby, tellement à sa *place*. Tout son être tendait vers lui comme une fleur vers le soleil. A son tour, elle l'étreignit passionnément. Quand il rejeta la tête en arrière, elle cacha son visage contre l'épaule de Colby. Maintenant qu'il l'avait de nouveau embrassée, jamais plus elle ne pourrait l'oublier.

— Valérie, tu vois ce qui arrive ! Ça ne peut pas continuer ainsi !

— Mais...

— Nous ne pouvons tout de même pas jouer notre avenir sur un coup de dés ! Crois-tu qu'aucun de nous deux ne va changer ? Non ! La vérité, c'est que, pas plus toi que moi, nous ne voulons sacrifier quoi que ce soit. Il faut nous reprendre, Valérie, avant de nous rendre mutuellement très malheureux.

Que dire ? Si la jeune femme songeait à tous leurs points communs, elle n'en admettait pas moins le bien-fondé des réticences de Colby. En y réfléchissant, il lui paraissait évident que si, au début, leur amour venait à bout des difficultés, il ne serait certainement plus suffisant par la suite.

— Il est temps de rentrer, dit Colby.

— C'est vrai, papa doit s'inquiéter.

— Il s'agit bien de ton père ! C'est de ton retour au Texas que je parle, Valérie. Rentre, avant qu'il ne soit trop tard !

Sur ces mots, Colby se détourna et s'éloigna à grands pas. C'était la seconde fois qu'il la priait de partir, de quitter les Orchidées.

Et c'était encore plus douloureux que la première.

8.

— Colby est sorti avec Sherry Waterman trois soirs de suite, annonça Norah à sa sœur, le samedi matin, à la table du petit déjeuner.

Puis elle replongea le nez dans sa tasse de café.

— Je suppose que tu as une bonne raison de me raconter ça, dit Valérie.

— Eh bien, oui. Hier, Sherry était de service en même temps que moi, nous avons bavardé. Elle dit ne pas comprendre pourquoi Colby s'obstine à la voir. Selon elle, il n'y a plus rien entre eux...

— Sherry se fait peut-être des idées.

Pourtant, Valérie savait bien que non et que Colby, par ce biais, essayait tout simplement de l'oublier.

— Sherry prétend que Colby est amoureux de quelqu'un d'autre, mais que pour une raison inconnue d'elle, il lutte contre ses sentiments. C'est de toi qu'il s'agit, n'est-ce pas, Val ?

— Je peux difficilement parler en son nom, répondit Valérie, mordant avec application dans sa tartine.

— L'aimes-tu ?

Valérie haussa les épaules et se retrancha derrière son habituel argument.

— Si je savais ce qu'est l'amour...

— Tu le sais bien assez, répliqua fermement Norah. Et

ce serait mieux pour tout le monde que tu le lui fasses savoir.

— Facile à dire ! maugréa Valérie.

Il lui semblait que la terre entière s'était liguée contre elle. Qui se souciait de sa détresse ?

— Mais épouse-le ! cria soudain Norah. Il est fou de toi, et tu l'aimes aussi ; ça crève les yeux !

— L'amour n'est pas tout dans la vie.

— Bien sûr que si !

Norah était jeune et idéaliste ; elle ne tenait pas compte de considérations que Valérie ne pouvait se permettre de négliger. Par ailleurs, Colby avait été suffisamment explicite au sujet de son départ.

— Il faut que tu quittes ton emploi et reviennes aux Orchidées épouser Colby Winston ! insista Norah.

— Et que pourrais-je faire ici, dis-moi ? M'occuper de bonnes œuvres ? Apprendre le crochet ? Très peu pour moi ! En mettant les choses au mieux, je trouverais un emploi cent fois moins intéressant que celui que j'occupe à la CHIPS. Tu te rends compte : je suis dans les affaires depuis six ans, crois-tu vraiment que je serai heureuse en restant inactive ?

— Tout est une question d'adaptation.

— Oh ! Norah...

Valérie jeta à sa romanesque petite sœur un regard chargé de pitié.

— Ce n'est pas si simple. D'abord, si Colby veut que je reste, il n'a qu'à me le demander.

— Et s'il ne le fait pas ? Tu passerais à côté du bonheur pour une simple question d'amour-propre ? Pourquoi l'initiative devrait-elle venir de lui ?

— Ce n'est pas cela. Je te dis qu'il est trop tard.

— Pourquoi donc est-il trop tard ?

La voix de leur père fit sursauter les deux jeunes femmes. Il se tenait à la porte de la cuisine, dans sa robe de chambre de lainage à carreaux; il passa une main dans sa chevelure en désordre. Norah se leva et vint à sa rencontre.

— De quoi discutiez-vous donc? reprit David Bloomfield. Je vous entendais vous disputer du bout du couloir.

Il dormait au rez-de-chaussée afin d'éviter d'avoir à monter l'escalier. Bien qu'il ne se plaigne pas, Valérie savait qu'il avait hâte de réintégrer sa chambre.

— Nous ne nous disputions pas, dit Valérie.

— Je vous entendais, insista David, souriant à Norah qui lui avançait sa chaise. J'ai cru comprendre que Norah te suggérait d'épouser Colby. C'est l'évidence même, je me tue à vous le dire depuis des semaines!

La gorge de Valérie se contracta; il lui semblait qu'elle avait du mal à respirer.

— Il n'a qu'à me le demander, répliqua-t-elle d'un ton âpre. D'ailleurs, je croyais que... que tu voyais d'un bon œil... euh... Rowdy et moi...

— Fadaises! s'exclama David. Si plein de qualités soit-il, Rowdy Cassidy ne t'est pas destiné! J'ai feint de le croire pour vous faire réfléchir, cet entêté de Colby et toi! Et s'il ne se déclare pas, pourquoi ne pas le faire toi-même?

— Papa...

La liste des objections était trop longue; Valérie préféra ignorer la suggestion. Cependant, c'était compter sans Norah.

— Tu n'as pourtant pas froid aux yeux! s'écria cette dernière. Quand tu désires quelque chose, tu trouves toujours le moyen de le faire savoir! C'est même une qualité que j'ai toujours admirée chez toi. Tu l'aimes, n'est-ce pas? Alors, prie-le de t'épouser! Tu pourrais bien être surprise par sa réaction.

— Impossible, répliqua tristement Valérie. Colby est beaucoup trop traditionaliste pour ça. Il ne supporterait pas qu'une femme fasse les premiers pas.

Norah et son père paraissant momentanément à bout d'arguments, Valérie en profita pour s'éclipser. Mais, une fois dans sa chambre, elle ne se prépara pas tout de suite ; assise au bord du lit, elle réfléchissait. Pourquoi une telle obstination de sa part ? Après tout, Norah avait peut-être raison... Cependant, des questions sans réponse fusaient de toute part. De lassitude, Valérie ferma les yeux.

Pourtant, sa vie entière ne se passait-elle pas à relever des défis et à trouver des solutions à des problèmes apparemment insolubles ? Jamais elle ne s'était montrée pusillanime. Alors, pourquoi ce qui faisait sa force dans son métier ne lui serait-il d'aucune aide quand on en venait au chapitre de sa vie privée ? Il devait bien exister une solution à cet imbroglio ! Et d'abord, pour en avoir le cœur net, il ne lui restait plus qu'à accepter l'idée d'une confrontation avec Colby.

Le médecin ne s'attendait pas à la découvrir à la porte de son cabinet, ça se voyait à son regard. Cependant, cet effet de surprise servait justement les plans de Valérie.

— Bonjour, Colby, dit-elle doucement.

— Valérie ! Euh... eh bien, bonjour !

— Puis-je entrer un instant ?

— Naturellement ! Excuse mon impolitesse, j'avais l'esprit ailleurs. J'écrivais.

— Tu écrivais ?

Colby se leva et, prenant Valérie par le bras, la guida vers une petite pièce aménagée en salon, attenante à la salle de consultation. Il la fit asseoir sur le canapé. Valérie s'efforçait de se montrer sereine, comme s'il ne s'agissait que d'une simple visite de politesse alors que son avenir dépendait de cette entrevue.

— Je travaillais sur un article pour le *Journal du médecin*, expliqua Colby. Il m'a été demandé il y a six mois, et je ne m'y attelle qu'à présent.

Le cœur de Valérie se gonfla de fierté. Colby débordait de talents ; et, par son dévouement et sa sollicitude, il rendait le monde un peu plus supportable. Leurs regards s'attachèrent l'un à l'autre. Valérie aurait aimé lui dire combien elle l'admirait ; elle se tut pourtant. Rien ne devait influer sur la décision ultérieure de Colby.

— J'ai quelque chose à te demander, commença-t-elle.

— Oui ?

Il regardait ses mains qu'il frottait nerveusement l'une contre l'autre.

— La dernière fois que nous nous sommes rencontrés, dit-elle d'une voix plus hésitante qu'elle ne l'aurait souhaité, tu m'as priée de quitter au plus tôt la région...

— Parfaitement.

— Pourquoi ?

— Tu le sais aussi bien que moi. Ton père se remet très bien, tu n'as aucune raison de prolonger cet... intermède.

— En d'autres termes, tu me jettes dans les bras de Rowdy Cassidy ?

Un éclair furibond passa dans le regard de Colby, bien vite éteint.

— C'est exactement ça, dit-il d'un ton froid.

— Il faut que je sache, reprit Valérie d'une voix qui tremblait en dépit de ses efforts. Tu souhaites *vraiment* mon départ ?

— Je ne vois pas...

— Je pourrais rester aux Orchidées.

Le regard de Valérie brillait d'espoir.

— Après tout, c'est ici mon foyer. C'est là que je suis née, que j'ai grandi. J'y connais tout le monde, et certains de mes amis y vivent toujours.

Dans sa rage de convaincre, les mots se bousculaient hors de sa bouche. Colby retint son souffle ; ses poings s'étaient crispés.

— Pourquoi ferais-tu ça ?

Valérie avait si follement espéré que Colby s'écrierait qu'il ne rêvait que de ça, qu'il ne pouvait vivre sans elle. Au lieu de ça, cette cruelle question...

— Pourquoi resterais-je ? répéta-t-elle d'une toute petite voix. Mais parce que tu es là.

Il y eut un silence gêné, comme si la franchise de la jeune femme choquait Colby. Il détourna le regard.

— Cela signifie-t-il que tu m'aimes ? demanda-t-il, presque menaçant.

— Oui, admit Valérie. Je regrette tellement de n'avoir pas fréquenté plus de garçons au collège. Je serais moins embarrassée maintenant...

Colby se taisait.

— C'est le moment où tu es supposé dire que tu m'aimes, reprit Valérie, anxieuse de combler le silence. Ecoute, je suis tout de même suffisamment femme pour sentir que tu tiens à moi. Le moins que tu puisses faire est de l'admettre et d'épargner le peu d'amour-propre qui me reste.

— Là n'est pas la question. L'amour n'est malheureusement pas la panacée universelle.

— Comment en être sûrs ? Personne n'arriverait jamais à rien sur cette planète si on renonçait avant d'essayer !

— Ne me tente pas !

— Hésiterais-tu ?

C'étaient les premières paroles que Valérie puisse interpréter dans le sens d'un encouragement.

— Je pensais..., reprit-elle d'une voix vibrant d'espoir, il existe d'autres compagnies en Oregon qui... qui seraient trop contentes de m'employer.

Colby se leva brusquement. Tournant le dos à Valérie, il fit quelques pas. Ne sachant que faire, elle le suivit.

— Je pense que tu devrais m'embrasser, dit-elle d'une voix enrouée par l'émotion.

Il se retourna d'un bloc. Il ne devait pas la croire si proche car il faillit la heurter. Instinctivement, il la prit par les épaules, et il arriva exactement ce que Valérie espérait. Elle noua ses bras autour de la taille de Colby et se serra contre lui. Puis elle leva la tête, et les lèvres de son compagnon vinrent à la rencontre des siennes. Dans un sourd gémissement, il prit sa tête entre ses mains et l'embrassa avec passion. Mais, soudain, quoique visiblement à contrecœur, il la lâcha.

— Valérie... il ne faut pas.

— Pourquoi ?

Colby fit un pas en arrière, comme pour mettre le plus de distance possible entre eux.

— Qu'est-ce que tu crois ? Qu'il suffit de me séduire pour que je te demande ta main ? J'attendais mieux de toi, Valérie.

— Te séduire ?

Les joues de Valérie s'empourprèrent.

— Tu te trompes ! Ce n'est pas... je ne voulais pas...

— C'est pourtant ce qu'il m'a semblé.

Valérie se força au calme.

— Je ne suis certainement pas venue te séduire, Colby. Pas plus que je n'ai l'intention de me disputer avec toi. Crois ce que tu veux ; pour ma part, j'affirme être venue parce qu'il fallait que je sache. Si je ne dois concevoir aucun espoir, dis-le-moi, je partirai. La porte franchie, nous oublierons ce qui s'est passé ici.

Colby fronça les sourcils. Ses mâchoires se crispèrent, mais il se tut.

— Dis-le, insista la jeune femme. Demande-moi de partir, de sortir de ta vie et je disparaîtrai à l'instant !

Valérie fixait sur Colby ses grands yeux remplis d'angoisse. Il se taisait toujours.

— Inutile de craindre des scènes déplaisantes ! Je ferai mes bagages, gagnerai l'aéroport, et tu n'entendras plus jamais parler de moi.

Colby demeura silencieux.

— Dis-le ! cria Valérie, hors d'elle. Ordonne-moi de partir si c'est ce que tu souhaites ! Ou, s'il te reste un peu de bon sens, prie-moi plutôt de rester et de t'épouser ! Mais tu n'as pas plus de raison qu'un enfant de deux ans. Je le vois parce que tu t'apprêtes à faire ce que tu juges digne : me renvoyer. Eh bien, je ne te rendrai pas les choses faciles, Colby Winston ! Pas cette fois. Si tu veux que je m'en aille, il faudra me le faire clairement savoir !

— Si je pouvais seulement placer un mot !

Valérie ravala un sanglot.

— Je t'aime ! Cela ne signifie donc rien pour toi ?

Colby serra les poings. Il la fixait d'un regard halluciné.

— Dis que tu ne veux pas de moi ! cria-t-elle. Ne crains pas d'être cruel ! Mais mieux, avoue que tu m'aimes et que tu veux trouver un moyen de tout concilier. Voilà ce que je veux entendre !

En proie à une intense agitation, il ferma les yeux.

— Si je sors de cette pièce, tout est fini entre nous. Je retournerai à ma vie, et toi, à la tienne. Je refuse de t'attendre indéfiniment !

Du revers de la main, Valérie essuya les larmes qui coulaient sur ses joues.

— Tu représenteras toujours énormément pour moi, dit Colby d'une voix presque inaudible.

— Ce n'est pas assez, répliqua-t-elle dans un sanglot. Ordonne-moi de partir. Fais en sorte que je sois certaine que c'est bien ton souhait. Nous ne devons pas laisser place aux regrets.

— Ta place n'est plus aux Orchidées.

— C'est mieux, mais pas suffisant. Réfléchis bien à ce que tu vas dire car c'est ta dernière chance.

La voix de Valérie se brisa.

— Tu n'as même pas à me promettre de m'épouser. Demande-moi seulement de rester.

— Non !

Le cri fusa, clair et net.

— Ne pouvions-nous nous en tenir là ? reprit Colby. Tu es une femme intelligente... du moins, je le croyais. Cette scène est ridicule, je ne te dois rien. Tu veux que je te dise de partir ? Eh bien, pars !

Là-dessus, il se rua sur la porte qu'il maintint ouverte.

— Retourne au Texas, Valérie ! Va épouser ton cowboy !

Un instant, Valérie craignit que ses jambes ne puissent la porter. Hochant la tête, elle se dirigea lentement vers la porte.

— Adieu, balbutia-t-elle en passant devant Colby.

Puis, incapable de résister, elle lui caressa légèrement la joue.

Quand elle repenserait à cet instant, il faudrait que ce soit en se disant qu'elle avait tout tenté.

Colby regarda ses mains, celles-là mêmes qui sauvaient des vies humaines, et il vit qu'elles tremblaient. Quand Valérie était partie, il avait tout d'abord été furieux. Qu'elle n'ait pas eu le bon goût de s'éclipser sans faire d'histoires dépassait son entendement. Un départ discret, voilà ce qu'il souhaitait, et non cet horrible cauchemar. Quel besoin avait-elle d'aller fouiller leurs cœurs et de ramener au grand jour des émotions qui auraient gagné à être tenues secrètes ?

De toute façon, la décision de se séparer n'avait rien de sensationnel ; il l'avait prise avant même de l'embrasser...

Le téléphone sonna, et Colby accueillit avec plaisir cette diversion.

— Allô ?

Sa voix résonna, impatiente. Au bout du fil, celle, douce, de Sherry l'informait qu'elle ne pourrait venir à leur rendez-vous du soir. Mon Dieu, que n'éprouvait-il pour elle le quart de l'attirance qui le poussait vers Valérie Bloomfield !

— Colby ?

— Oui ?

Il était irrité. Pas par Sherry, certes, mais parce qu'il ne l'aimait pas. Il avait essayé, pourtant ! Personne ne pourrait l'accuser du contraire !

— Je ne voudrais pas me montrer brusque, disait Sherry, mais je crois qu'il vaudrait mieux que nous cessions de nous voir.

— Pourquoi cela ?

— Comprends-moi bien, Colby, je t'aime beaucoup. Mais ce n'est pas de l'amour. Depuis un an que nous nous fréquentons, si nous avions dû tomber amoureux l'un de l'autre, ce serait déjà fait. Tu te sers de moi, Colby. Ce n'est pas moi qui t'intéresse, mais la sœur de Norah.

Colby ne sut que répondre. Ça n'avait pas été conscient, bien sûr, mais Sherry avait raison, il se servait d'elle. Pas pour rendre Valérie jalouse, non. Mais pour essayer de se convaincre qu'il pouvait passer le restant de ses jours heureux sans Valérie.

Seulement, à présent, il se retrouvait seul, se demandant comment il avait pu laisser sortir de sa vie la seule femme qui comptât pour lui.

— Qu'est-ce que c'est que cette histoire de retour au Texas ! s'exclama David Bloomfield, que Valérie rejoignait sous la véranda, le lendemain soir.

Elle s'assit sur la marche supérieure, adossée à l'une des colonnades blanches tandis que son père se balançait au rythme de son fauteuil à bascule. Une légère brise apportait jusqu'à leurs narines les douces senteurs des pommiers en fleur; le soleil couchant étirait dans le ciel ses rayons empourprés.

Au cours du dîner, Valérie n'avait pas fait mention de ses projets, aussi fut-elle très étonnée de s'apercevoir que son père était au courant.

— Il est temps pour moi de rentrer, papa.

— C'est douloureux, n'est-ce pas ?

— Un peu.

« Beaucoup, plus que je ne puis le supporter ! » avait-elle envie de crier.

— Tu vas beaucoup mieux, reprit-elle avec un entrain forcé. Tu n'as plus besoin de moi !

— Ah, mais si ! s'exclama son père, tout en continuant de se balancer. Et Colby aussi.

Le nom lui fit l'effet d'un couteau plongeant dans une blessure à vif. Ils restèrent silencieux quelques instants.

— L'amour est une drôle de chose, n'est-ce pas ? fit remarquer Valérie, les bras serrés autour de ses genoux repliés dans un geste qui lui était familier, enfant.

— Nous nous ressemblons tellement, toi et moi. Ta mère l'a deviné bien avant moi ; ce qui, je suppose, est naturel. Je suis fier de toi, tu sais. Fier de ta réussite. Cassidy a bien de la chance de t'avoir dans son équipe.

— J'ai un bel avenir à la CHIPS, dit rêveusement Valérie, comme pour se convaincre que sa vie avait encore un sens.

— Tu sais, les choses n'ont pas été faciles non plus pour Grace et moi, reprit David. Dans ma simplicité, je croyais qu'une modeste infirmière bondirait de joie à l'idée d'épouser un homme fortuné. Mais ça n'a pas été le cas... Mon argent n'impressionnait pas du tout ta mère, et la convaincre de m'épouser a été la tâche la plus rude de toute ma vie.

— Elle t'aimait pourtant...

— Oh ! oui, elle m'aimait. Cependant, elle s'imaginait

ne pas me convenir. J'avais une position sociale, des relations dans les milieux les plus huppés. Avant de contracter ce rhumatisme articulaire, j'étais le célibataire le plus en vue de Californie ! Pourtant, jamais je n'avais rencontré de femme que je souhaite épouser avant ta mère.

Ces paroles éveillèrent un douloureux écho dans le cœur de Valérie. Elle aussi avait été satisfaite de son existence avant de rencontrer Colby.

— Il existait d'autres points de friction entre nous. Ta mère était persuadée que si je ne modifiais pas mon hygiène de vie, je retomberais malade ; et elle refusait de m'épouser pour me voir, disait-elle, me tuer à la tâche.

— Mais tu as résolu tous les problèmes.

— Bien sûr.

Un sourire mélancolique joua sur les lèvres de David.

— Dès l'instant où, ouvrant les yeux sur mon lit d'hôpital, je l'ai découverte à mon chevet, j'ai aimé Grace. A mes yeux, c'était un ange tombé du ciel. Alors, pour l'épouser, j'ai sacrifié tout ce à quoi je tenais le plus.

— Ça ne t'a pas coûté ?

— L'affirmer serait un mensonge. J'avais amassé de quoi vivre sans problème jusqu'à la fin de nos jours, mais je me voyais mal condamné à l'inactivité alors que je n'avais pas quarante ans ! Il m'aura fallu deux ans pour découvrir, avec l'aide de Grace, l'activité dans laquelle j'aimerais me reconvertir...

Valérie hocha la tête.

— C'est pareil pour moi. Je ne me satisferai jamais d'une vie de femme au foyer.

— Tu sais, je n'ai jamais regretté mon choix. Sans Grace, mon existence eût été stérile. Et ce que nous avons construit ensemble m'a comblé de bonheur.

— J'ignorais que tu avais tout sacrifié pour maman.

— D'un côté, c'était bien un sacrifice, mais, de l'autre, elle m'a apporté l'élément de stabilité indispensable à une vie heureuse ; tout comme Colby te permettra de t'épanouir.

Un moment se passa avant que Valérie puisse parler.

— Je n'épouse pas Colby, papa. J'aurais aimé te dire le contraire, mais c'est ainsi.

Ce fut exactement comme si elle n'avait rien dit.

— Tu seras heureuse avec lui, Valérie. Il t'aime, et tu l'aimes aussi. Pourtant, écoute bien ce que je vais te dire : l'amour que vous éprouvez l'un pour l'autre n'a aucune commune mesure avec celui que vous connaîtrez au fil des années ; surtout après la naissance de vos enfants.

— Papa ! Tu ne m'as pas écoutée.

David se perdait à présent dans son rêve intérieur. Il fallait absolument le ramener sur terre.

— ... et il a également besoin de toi, plus même que la réciproque. Colby vit seul depuis trop longtemps.

— Colby ne veut pas de moi.

David cependant se contenta de sourire.

— Tu ne crois pas sérieusement ce que tu dis ? Il te veut tellement qu'il se laisse dépérir de chagrin.

Valérie ne se sentait pas le courage d'argumenter, ni de raconter à son père les résultats de son entrevue avec Colby. Dans son esprit, tout était terminé, et elle tiendrait sa promesse de ne plus regarder en arrière.

Elle n'en voulait pas à Colby. Sa cruauté, elle l'avait réclamée, et les choses avaient du moins le mérite d'être claires.

David avala une gorgée de café ; il souriait d'un air serein.

— Songe au bonheur qui t'attend, Valérie ! Du mauvais sort le bon, cette crise cardiaque en est le meilleur exemple. Si elle n'avait pas eu lieu, qui sait combien de temps il aurait fallu pour que vos chemins se croisent ?

Valérie s'empara de sa tasse et en termina le contenu d'un trait.

— Veux-tu quelque chose avant que je me retire ?
— Tu t'en vas déjà ? Il ne fait même pas nuit.
— J'ai du travail.
— Me promets-tu de réfléchir à mes paroles ?
Valérie ne voulut pas décevoir celui qui avait une telle foi en l'amour.
— Je te le promets, dit-elle.
Mais c'était une pieuse promesse. Valérie avait bien l'intention d'évacuer de son esprit tout ce qui concernait Colby. Ce serait la seule façon de surmonter cette crise.
Lentement, elle se leva.
— Dans ce cas, dit en souriant David, reste encore un peu avec moi. Tu n'as aucune raison de te presser.
Valérie hésita. La conversation lui pesait. Elle ne voulait pas attrister son père mais, d'un autre côté, il lui fallait regarder les choses en face, accepter sa défaite pour pouvoir continuer à vivre. Et d'écouter son père ne faisait qu'ajouter à sa peine.
— Il faut que je fasse mes bagages, papa.
L'excuse était mince, mais c'était tout ce qu'elle avait trouvé.
— Tu as tout ton temps. Détends-toi.
— Papa, s'il te plaît...
— J'ai une chose très importante à te confier.
— Parle ! pria-t-elle.
Les yeux du vieil homme brillaient d'un éclat intense lorsqu'il déclara :
— Je sais de façon certaine que tu épouseras Colby ; ta mère me l'a promis.

9.

— Ecoute, papa, si c'est au sujet de ton rêve, je...

— Il s'agit bien d'un rêve ! J'étais *mort*, tu m'entends. Demande à Colby si tu ne me crois pas. J'ai traversé la vallée des ombres. Ta mère m'y attendait, et elle n'était pas contente. Non, mademoiselle, elle était même carrément fâchée contre moi, prétendant que ce n'était pas mon heure et que je venais beaucoup trop tôt.

— Je suis certaine que ça t'a paru très réel...

— Mais c'était réel !

La voix de David Bloomfield s'était faite impérieuse.

— Maintenant, assieds-toi et écoute, parce que ce que j'ai à te dire arrivera aussi sûr que je vis et respire !

Résignée, Valérie reprit sa place sur la marche.

— Très bien, papa, je t'écoute.

— J'aime mieux ça ! dit David en souriant. Tu comprends, ta mère me manquait tellement que je ne voulais pas continuer à vivre sans elle. Elle m'a expliqué que je raisonnais mal, que les années qui me restaient à vivre seraient heureuses et fécondes, et exemptes de ce sentiment de solitude qui m'avait envahi depuis son départ.

Valérie n'accordait pas beaucoup de crédit à l'expérience de son père, mais il y croyait tant, et ça lui faisait tant de bien...

— Bien sûr, papa, que tu seras désormais heureux.

— L'ennui, c'était que la vie ne m'intéressait plus, continua-t-il sans se soucier de son interruption. D'être avec Grace me comblait et je refusais d'entendre parler de retour.

Pour en avoir hérité en partie, Valérie connaissait l'entêtement dont son père pouvait faire preuve !

— Ta mère m'a alors expliqué que j'avais de bonnes raisons de revenir sur terre. Pour dire la vérité, j'avais décidé de ne pas l'écouter. Tu sais comment elle est, capable de te convaincre de faire tout le contraire de tes volontés !

En disant cela, David Bloomfield souriait, et dans ses yeux se reflétait une immense tendresse.

— Ce fut alors qu'elle me parla de vous, les filles. Je nous revois, nous nous tenions au bord d'un petit lac. Elle m'a demandé de regarder dans l'eau ; j'ai trouvé sa requête étrange, compte tenu du sérieux de notre conversation.

— Et qu'as-tu vu dans ce lac ?

Connaissant le goût de son père pour les parties de pêche, Valérie songeait à une belle truite ou à une perche.

— J'ai vu l'avenir.

— L'avenir ?

Si maintenant on se lançait dans la science-fiction...

— Tu m'as très bien compris, répondit David, irrité. La surface de l'eau jouait le rôle d'une fenêtre à travers laquelle je voyais les années à venir. Je vous ai vues, toi et tes sœurs, et tu sais quoi ? C'était un spectacle plus beau que tout ce que j'aurais pu imaginer. Tant de joie, de paix et d'amour. Je ne pouvais détacher mes yeux de la scène. Mes précieuses filles, toutes heureuses, bénies par l'amour comme Grace et moi l'avions été...

— Ça paraît merveilleux, papa.

David avait traversé l'épreuve traumatisante de la chirurgie. S'il croyait dur comme fer à ce rêve qui l'aidait dans sa convalescence, ce n'était pas à Valérie de le désillusionner.

— Chaque instant de cette rencontre avec ta mère est gravé dans ma mémoire. Mais, tu sais, je n'ai pas aperçu un seul ange, ni entendu jouer de la harpe. Ça ne m'a d'ailleurs pas le moins du monde déçu.

Valérie retint un sourire.

— Tu comprends ce que je veux dire, j'espère ?

— Au sujet des anges ?

— Mais non ! s'écria David, impatienté. Au sujet de Colby et toi. C'est lui que j'ai vu à ton côté, Val ; et vous aviez trois beaux enfants.

— Papa, pourquoi t'efforces-tu soudain de me convaincre d'épouser Colby ? Tu semblais avoir abandonné l'idée. Qu'est-ce qui t'a fait changer d'avis ?

— Vous deux. Vous êtes si entêtés. Je n'avais pas tenu compte de ça.

— Mais tu t'es excusé de nous avoir poussés dans les bras l'un de l'autre, tu t'en souviens ?

— Bien sûr que je m'en souviens ! C'était sur les conseils de Grace. Seulement, à ce moment-là, je croyais encore que vous alliez vous en sortir tout seuls. Si j'ai tant parlé de Cassidy, c'était dans l'espoir que ça te fasse réfléchir. Et aussi pour rendre Colby jaloux. Crois-moi, Valérie. Tu vas l'épouser, c'est certain !

— Papa, je t'en prie ! Je comprends que tu veuilles t'en persuader, mais c'est parfaitement irréaliste.

Le pauvre ignorait évidemment qu'il ne faisait qu'aggraver la peine de sa fille.

— Ne comprends-tu pas que Colby t'aime, que tu l'aimes, et qu'une vie heureuse s'ouvre devant vous ? Naturellement, vous connaîtrez des hauts et des bas, comme n'importe quel couple...

— Je n'épouserai pas Colby, affirma Valérie, les larmes aux yeux.

— Si tu te figures que je perds la tête, tu te trompes. Je sais ce que je dis ! Tout ce que je te demande, c'est d'être patiente et de ne commettre aucune folie.

— Comme... ?

— Comme de retourner au Texas. La Vallée des Orchidées te réclame. C'est là que tu vivras désormais. Là où tu es née et où Colby continuera d'exercer son art.

— C'est trop tard.

— Que veux-tu dire ?

Valérie se leva. Sa poitrine se soulevait avec agitation. Elle se sentait vide, écrasée par un insoutenable sentiment de solitude.

— J'ai déjà réservé ma place. Je pars demain matin.

Incapable d'en supporter davantage, Valérie se rua à l'intérieur de la maison et courut s'enfermer dans sa chambre. Du sommet de l'armoire, elle tira sa valise. Elle n'avait pas emporté grand-chose, et l'opération lui prit tout au plus dix minutes. Ses yeux étaient secs. Il lui semblait n'avoir plus de larmes.

Elle retournerait au Texas sachant ce qu'est l'amour. Il l'avait touchée une fois, peut-être lui ferait-il la grâce de lui offrir une seconde chance ? Mais plus tard, quand ses blessures seraient cicatrisées.

Cette idée en tête, elle s'empara du téléphone qu'elle cala sur ses genoux. Après avoir longuement contemplé le cadran, elle composa enfin son numéro.

— Allô ? fit une voix pressée au bout du fil.

— Bonsoir, Rowdy.

— Valérie !

Il semblait heureux de l'entendre.

— Je suis content que tu appelles. J'ai essayé de te joindre, mais tu n'étais pas là. Ta sœur t'en a-t-elle parlé ?

— Non, c'était important ?

— Pas urgent, en tout cas. Je voulais savoir quand tu nous ferais l'honneur de ta présence. Tu nous manques, tu sais.

— Je pense bien que mon absence a perturbé...

— Il ne s'agit pas de travail ! J'avais pris l'habitude de t'avoir près de moi, tu comprends.

Rowdy hésitait, maladroit à dire ces choses.

— Quand tu n'es pas là, tout me paraît aller de travers. Je compte t'offrir un pourcentage des bénéfices, comme ça, tu sauras combien tu es appréciée.

— Ça n'est pas nécessaire, voyons !

— Oh ! si, ça l'est. Quand rentres-tu ?

Valérie songea à l'expression « rentrer chez soi ». Mais le Texas n'était pas son foyer, il ne l'avait jamais été. Comment faire comprendre ça à Rowdy ?

— Valérie ?

— Désolée... C'est justement pour cette raison que j'appelle. Je serai à Houston demain, en fin d'après-midi ; et à mon poste, fraîche et dispose, mardi matin !

Elle se forçait à l'enthousiasme.

— Formidable ! Nous allons fêter ça. Si j'allais te chercher à l'aéroport ? Nous dînerions ensemble.

L'invitation prit Valérie de court. Durant un instant, elle ne sut que dire. Elle s'était pourtant bien promis de ne pas passer le restant de ses jours à pleurer sur ce qui aurait pu être... Et quand l'occasion se présentait de dire adieu au passé, elle hésitait.

— Je ne crois pas que ce soit une bonne idée. Du moins, pas si tôt. Il me faut un peu de temps pour me réadapter.

Ses trois semaines d'absence lui semblaient maintenant une éternité.

— Tu es partie trop longtemps, Valérie, dit Rowdy d'une voix basse et grave. Tu m'as énormément manqué, je n'en fais pas mystère. Dès que possible, il faudra que nous causions tous les deux.

Une soudaine appréhension s'empara de Valérie. Ce n'était pas du tout ce qu'elle voulait entendre.

— Je ne sais pas si... je... je...

— Je sais ce que tu penses, dit fermement Rowdy. Une aventure dans un cadre professionnel peut facilement mener à la catastrophe. C'est de cela que je voudrais discuter. Que les choses soient claires entre nous, avant de nous engager dans quoi que ce soit.

L'idée que Valérie ne souhaitait pas se lancer dans une histoire avec lui ne semblait même pas effleurer Rowdy. Seulement, à cela, il avait des excuses : cette perspective ne remplissait-elle pas tout récemment encore Valérie d'une joyeuse excitation ?

Colby avait rarement passé une aussi mauvaise nuit. N'arrivant pas à trouver le sommeil, il s'était finalement résolu à descendre lire dans le salon. Les minutes s'égrenèrent ainsi, lentement. Loin de l'apaiser, la lecture l'irritait encore davantage ; si bien qu'il finit par rejeter son roman d'un geste mécontent.

Si seulement Sherry avait accepté de dîner avec lui, ce soir. Mais non, il avait fallu qu'elle se décommande ! Pire, elle lui avait clairement fait savoir qu'elle ne souhaitait pas le revoir. Cette décision était raisonnable, bien sûr ; seulement, dans l'immédiat, elle ne le réjouissait pas.

En ce qui concernait ses relations avec les femmes, il n'avait pas de chance. D'accord, il ne s'y était pas pris très tôt. Et puis, il avait sous-estimé la difficulté de trouver la femme idéale...

Ses exigences étaient très particulières, ce qui l'avait conduit à poursuivre sa quête avec méthode. Et il avait rencontré des filles répondant à ses critères. En cette ère de libération de la femme, les épouses à l'ancienne existaient toujours ! Seulement, il se trouvait que la plupart d'entre elles ne l'attiraient nullement.

Cette constatation le troubla davantage. Manifestement, il y avait une faille dans son plan. Une chose était certaine : Sherry était hors course. Et, par la force des choses, Valérie également.

Valérie.

Son nom le brûlait pire qu'une flamme, et il s'efforça d'en détourner ses pensées. Il se leva et se dirigea vers son bureau. Il y avait cet article à taper sur lequel il avait fini par travailler. Bien qu'il ait affiché une certaine désinvolture devant Valérie, il s'était donné beaucoup de mal pour faire des recherches, et chaque mot avait été soigneusement pesé.

Pourtant, d'une certaine façon, ça ne représentait rien. Rien. Dans un mouvement de colère, il froissa les feuillets qu'il jeta au panier. Colby se laissait rarement aller à ses émotions. Très tôt, il avait appris à se dominer. Il le fallait dans un métier où l'on est trop souvent confronté à la souffrance et à la mort. Et, au fil des années, cette maîtrise de soi était devenue une seconde nature. Ce soir, pour la première fois, il regrettait son impuissance à exprimer ses sentiments.

Car il comprenait bien que son insomnie, son manque d'intérêt pour un bon roman et son agacement devant un article sur lequel il avait tant travaillé étaient des conséquences de la scène qui avait eu lieu le matin même avec Valérie.

Pourtant, il avait fait ce que son devoir lui dictait. Ça n'avait pas été facile, pour aucun des deux, mais c'était indispensable. Et puis, Valérie l'avait mis en colère. Elle l'avait poussé, acculé dans ses derniers retranchements ; il n'avait pas eu le choix.

Elle avait tant insisté qu'il avait fini par l'éjecter de sa vie. Tout était fini entre eux. Exactement comme il le voulait. Elle retrouverait son Texas, et lui continuerait de vivre dans l'Oregon.

Pourtant, le regard de Valérie continuait de le hanter.

Un regard gris, et triste, si triste. Colby enfouit son visage dans ses mains. Et quand elle lui avait caressé la joue... Vingt heures plus tard, ce contact le brûlait toujours.

Comme une âme en peine, Colby se dirigea vers la salle de séjour. Espérant dénicher une émission qui l'occuperait bien une heure ou deux, il alluma la télévision. Cependant, tout ce qu'il trouva fut un de ces films en noir et blanc des années 50, romantique à l'excès, la dernière chose qu'il souhaitât voir dans l'humeur où il se trouvait.

Trois jours s'étaient écoulés depuis sa dernière rencontre avec les Bloomfield. Bien que rendez-vous soit pris pour David en début de semaine, il serait peut-être judicieux de faire un saut chez eux pour s'assurer que tout allait bien. David et lui étaient amis, après tout. C'était bien le moins que Colby puisse faire au nom de cette amitié.

Sa décision prise, Colby bâilla. Il sut alors qu'il allait enfin pouvoir dormir.

Valérie était prête. Elle s'était attardée dans sa chambre un peu plus que nécessaire. Son avion décollait à 1 heure de l'après-midi, elle avait donc le temps. Mais la raison n'était pas là. Tout en désirant s'éloigner le plus possible de la Vallée des Orchidées, elle appréhendait terriblement le moment de la séparation.

— Valérie ?

Steffie parut à la porte de la chambre ; ses sourcils se froncèrent en apercevant la valise aux pieds de sa sœur.

— Es-tu sûre de ne pas commettre une monumentale erreur ?

— Sûre, répondit Valérie, un sourire de commande aux lèvres.

— Comment peux-tu sourire ?

— Ecoute, il fait beau, papa est en pleine forme, tu es

là et Norah est au septième ciel d'avoir toute sa nichée à materner. Pourquoi être triste ?

— Je ne peux m'empêcher de penser que tu as tort de partir.

— Ma vie est au Texas désormais.

Steffie vint s'asseoir sur le bord du lit.

— Tu sais, je te parle ainsi parce que j'ai commis la même erreur il y a trois ans. Après m'être ridiculisée aux yeux de Charles, j'ai préféré m'exiler. C'est alors que j'ai décidé d'étudier l'art en Europe.

— Je ne pense pas que tu l'aies jamais regretté.

— Je n'ai certes pas regretté mon voyage, mais je sais maintenant que j'ai eu tort de fuir. J'aurais mieux fait de ravaler mon amour-propre plutôt que de quitter tout ce à quoi je tenais.

— On n'a pas toujours le choix.

— Mais souvent, on l'a, répondit doucement Steffie. Ne pars pas, Val, tu le regretterais, je peux te l'assurer.

Le regard de Steffie se fit implorant tandis qu'elle suppliait sa sœur de bien vouloir reconsidérer sa décision. N'eût été sa démarche de la veille, Valérie aurait hésité. A présent qu'elle était certaine que Colby ne changerait pas d'avis, elle n'avait aucune raison de rester.

— J'entends un bruit de moteur, dit soudain Steffie.

Valérie se dirigea vers la fenêtre. En effet, une voiture beige se garait le long de l'allée centrale. Une Buick. Celle de Colby.

L'excitation fit frissonner Valérie. Il était venu la supplier de rester ! Il avait réfléchi, et compris qu'il ne pouvait vivre sans elle. Une seconde plus tôt, elle désespérait, et voilà que les choses allaient miraculeusement s'arranger !

— C'est... c'est Colby, bredouilla-t-elle, éperdue.

Steffie bondit de joie.

— J'en étais sûre ! Il ne veut pas que tu partes !

— Il ignorait que je prenais l'avion ce matin..., murmura Valérie.

— Je vais voir ce qu'il veut ! cria presque Steffie. Joue le jeu, s'il te plaît. Tu vas rester ici, et lorsqu'il me demandera après toi, tu feras une apparition calme et posée ! D'accord ?

— Steffie...

— Pour une fois, offre-toi le luxe d'un peu de romantisme !

— Il peut être ici pour des tas de raisons...

— Vas-tu le laisser souffrir ou lui pardonner immédiatement ? Pour ma part, j'inclinerais pour un peu de suspense, mais pas trop !

La sonnette retentit et Steffie dévala les marches quatre à quatre. Le cœur de Valérie battait à tout rompre, mais elle refusait de se livrer à cette mascarade indigne d'elle. Empoignant sa valise, elle se dirigea à son tour vers l'escalier. Elle atteignait la marche supérieure quand elle entendit Colby demander à voir son père. *Son père ?* Il n'était donc pas venu pour elle ? Si le coup n'avait été si rude, Valérie aurait éclaté de rire devant l'air ébahi de sa sœur. Bouche bée, Steffie considérait Colby ; sa main demeurée sur la poignée de la porte l'empêchait d'entrer.

— Mon père ? répéta enfin la jeune femme. Vous êtes venu voir papa ?

— Eh bien, qu'y a-t-il de si étonnant à ça ? C'est mon patient, que je sache !

— Oui, mais...

Un léger bruit dut attirer l'attention de Colby, car il leva les yeux. En apercevant Valérie, il tressaillit.

— Valérie part ce matin, dit Steffie d'un ton précipité, comme s'il était de la plus extrême urgence que Colby se décide à intervenir.

Ce que Steff ignorait, bien sûr, c'était que ce départ soulageait Colby.

— Tu ferais mieux d'avertir papa que le Dr Winston est ici, intervint Valérie. Je crois qu'il est dans la cuisine.

Steffie obtempéra et Valérie descendit doucement l'escalier.

— Te voilà donc prête à partir, fit Colby sur le ton de la conversation.

Elle approuva de la tête.

— Mon avion part à 1 heure.

— Si tôt?

— Pas encore assez, n'est-ce pas, Colby?

Il ignora la remarque et Valérie regretta sa mesquinerie. Il se tenait devant elle, le visage impassible, et elle fut soulagée de voir paraître son père. Elle craignait trop de laisser deviner à Colby l'étendue de son désespoir.

— Colby! Content de vous voir, mon garçon. Vous vous êtes fait rare ces derniers temps.

Il attirait le médecin vers la cuisine quand il remarqua Valérie toujours immobile, sa valise à ses pieds.

— Tu as bien le temps de venir boire un café avec nous, Val.

Pour ne pas contrarier son père, Valérie renonça à discuter. Les deux hommes s'installèrent à la table tandis que Norah leur servait le café. Valérie préféra s'asseoir un peu en retrait sur un tabouret.

— Je voulais prendre de vos nouvelles, dit Colby.

— Jamais je ne me suis senti mieux!

Valérie remarqua que Colby évitait de regarder dans sa direction. Il paraissait gêné et se tenait très raide, les épaules contractées. Il avait dû être surpris de la voir. Peut-être la croyait-il déjà partie?

Valérie avala une gorgée de café et ferma les yeux. Elle voulait savourer ces ultimes instants passés au sein de sa famille. Norah, la taille ceinte d'un tablier, tirait du four des gâteaux au citron et les faisait glisser dans le plat que leur mère utilisait toujours pour cet usage. Une bonne odeur d'épices flottait dans la pièce, et elle se crut revenue des années en arrière. La cuisine avait toujours été leur endroit de prédilection. C'était là qu'ils se rassemblaient dans une chaude atmosphère de tendresse partagée.

Steffie semblait ne pas pouvoir rester en place. Valérie était touchée de voir la part qu'elle prenait à son malheur. Surtout que tout n'était pas rose dans sa propre relation avec Charles.

Sa sœur s'immobilisa. Du regard, elle suppliait encore Valérie d'écouter son cœur. Bientôt, celle-ci n'y put plus tenir et tourna délibérément la tête. Elle était incapable de suivre la conversation qui se déroulait autour de la table. Il fallait qu'elle parte tout de suite. Dans le cas contraire, elle n'aurait jamais le courage de le faire. Se laissant glisser de son tabouret, elle alla déposer sa tasse dans l'évier.

— Les gâteaux seront bons à manger dans un instant, dit Norah, le front soucieux.

Elle aussi redoutait de voir partir sa sœur.

— Ne t'inquiète pas. Je grignoterai quelque chose à l'aéroport.

— Tu nous quittes donc, constata David comme si c'était une nouvelle.

Valérie sauta sur le premier prétexte qui lui vint à l'esprit.

— Il faut que je passe rendre la voiture à l'agence, dit-elle.

— Es-tu sûre de vouloir partir ? interrogea Steffie d'un ton affligé.

— Sûre, répondit Valérie en étreignant affectueusement sa sœur. Ce n'est tout de même pas comme si je partais à l'autre bout du monde !

— Ne laisse pas s'écouler trois ans comme moi, chuchota Steffie à son oreille. Et réfléchis bien. Tu en as encore le temps...

— Tout est pour le mieux, assura Valérie.

Norah se tenait à côté de sa sœur, attendant son baiser. Ses beaux yeux bleus étaient rougis par les larmes.

— Je ne peux pas y croire. C'était si bon de t'avoir ici...

— Un séjour charmant, n'est-ce pas, papa? dit Valérie, s'efforçant de détendre l'atmosphère. Mais je suggère que pour la prochaine réunion de famille, nous nous organisions un peu différemment!

David Bloomfield regardait sa fille. Lui aussi semblait lui demander de différer son départ. Pourtant, Valérie secoua la tête. Chaque instant passé auprès d'eux représentait une torture. Elle n'osait pas regarder Colby, préférant feindre d'ignorer sa présence.

— J'ai une idée! s'écria Steffie. Si nous faisions un voyage en Egypte? J'ai toujours désiré chevaucher un chameau et faire le tour des Pyramides!

— Quelle drôle d'idée! s'insurgea Norah. Pourquoi ne pas partir camper comme autrefois? Je me rappelle les feux de camp où nous faisions griller des marshmallows!

— Camper! s'exclama Steffie. Très peu pour moi! Je me souviendrai toujours des moustiques qui nous ont dévorés en Alabama!

— Nous nous amusions pourtant bien, insista Norah.

Valérie regardait ses sœurs l'une après l'autre, et son cœur se gonflait d'amour. Reculant d'un pas, elle noua les bras autour du cou de son père.

— Prends bien soin de toi, murmura-t-elle.

— Le rêve, riposta-t-il, les yeux brillants. J'étais si sûr de moi.

— Attendons..., dit Valérie sans y croire.

Impossible maintenant d'éviter de saluer Colby, le médecin de la famille, l'ami de son père. David la poussa doucement vers lui. Si au moins il avait manifesté un quelconque regret... Mais non. Il s'avançait vers elle, la main tendue comme s'il se fût agi d'une simple connaissance. A le voir, qui aurait pu croire qu'il l'avait un jour tenue dans ses bras ?

— Au revoir, Colby, dit-elle chaleureusement. Merci pour tout ce que tu as fait pour papa et pour nous... Tu as été formidable.

Le contact de sa main sur la sienne la fit frissonner. Vivement, elle la retira.

— Au revoir, Valérie. Et bon voyage.

Hochant vaguement la tête, elle se détourna. Elle craignait en s'attardant de ne pouvoir retenir ses larmes.

Ils l'accompagnèrent jusqu'au perron. Valérie descendit rapidement les marches et, sans prendre la peine d'ouvrir le coffre, jeta sa valise sur le siège arrière.

— Téléphone-nous en arrivant ! cria Steffie.

— Bien sûr. Vous deux, prenez soin de papa !

— Au revoir, Valérie, cria Norah en lui envoyant un baiser du bout des doigts.

Afin de mettre un terme à ces pénibles adieux, Valérie se hâta de prendre place derrière le volant. Pas une fois elle ne jeta un coup d'œil en arrière ; elle craignait trop de croiser le regard de Colby.

Fuir, voilà tout ce qui comptait à présent. Elle démarra, agita la main par la portière, et la voiture glissa doucement le long de l'allée. La tension dans sa poitrine était si forte que, l'espace d'un instant, elle eut peur de ne pouvoir conduire. L'idée qu'elle pourrait avoir besoin des services d'un médecin la fit frémir. Oh ! oui, elle avait besoin d'un médecin, d'un médecin du *cœur*, même !

Alors, elle se retourna, cherchant la silhouette de Colby. Et, en souvenir des instants qu'ils avaient partagés, elle lui sourit tendrement.

Puis la voiture s'éloigna, et elle s'efforça de regarder vers l'avenir.

10.

Durant un long moment, personne ne dit mot. Colby demeurait pétrifié sur le perron des Bloomfield, suivant du regard la voiture de location qui s'éloignait le long de l'allée.

Il n'aurait pu choisir pire instant pour rendre visite à ses amis. S'il s'était douté que Valérie partait justement ce matin-là...

Il ne savait même pas ce qu'il était venu faire ici. La visite à David n'était qu'un prétexte, bien sûr, mais en ce cas, espérait-il rencontrer Valérie, trouver un moment pour lui parler? Mais lui parler de quoi? Il n'avait certainement pas changé d'avis. Pour lui, l'affaire était classée. Il n'était pas de ceux qui croient que l'amour opère des miracles. Ces fadaises, il les laissait aux rêveurs; lui était médecin, journellement confronté à la réalité des maux qui accablent l'humanité, et il n'allait certainement pas prêter l'oreille à de telles sottises.

— Je ne peux pas y croire, dit soudain Stéphanie, les yeux embués de larmes.

Colby se raidit. Il n'avait jamais su que dire aux femmes qui pleuraient.

Sauf cette fameuse nuit, avec Valérie, lorsqu'elle sanglotait d'angoisse et de chagrin. Pour toute autre, il serait allé chercher un membre de la famille susceptible de la consoler. Cependant, il n'avait pas cherché Norah ce soir-là. Non. Il s'était approché de Valérie. Au début, il s'était senti impuissant. Comment, en effet, aurait-il pu lui prodiguer des paroles de réconfort alors que lui-même avait perdu tout espoir en la survie de David ?

Et puis il s'était assis sur le banc près d'elle, et il avait passé un bras autour de ses épaules. Valérie s'était blottie contre lui. L'élan d'amour qu'il avait ressenti à cet instant ne pouvait se comparer à rien qu'il connût. Lui caressant les cheveux, il avait savouré ce moment où il la tenait serrée contre lui.

— Elle reviendra, dit David, l'arrachant à ses tristes pensées.

— Non, dit Stéphanie d'une voix tremblante. Pas avant longtemps.

— Ce n'est pas possible ! protesta Norah. Je suis sûre qu'elle reviendra bientôt.

— Pourquoi le ferait-elle quand tout ici lui est source de chagrin ? C'est tellement plus simple de se contenter de téléphoner de temps en temps.

Stéphanie semblait parler d'expérience ; Colby la dévisagea. Elle dut sentir son regard parce qu'elle se tourna brusquement vers lui, les yeux étincelants de colère.

— Vous pouvez être un grand chirurgien, lui cria-t-elle, ça ne vous empêche pas d'être l'homme le plus borné de la terre !

Sous l'assaut imprévu, Colby tressaillit. Cependant, Stéphanie ne lui laissa pas le temps de se reprendre : il ouvrait la bouche pour se défendre que déjà elle s'engouffrait dans la maison. Stupéfait, il regarda Norah. Ils travaillaient ensemble depuis un certain temps maintenant, et s'appréciaient mutuellement.

— Je suis entièrement d'accord avec ma sœur ! dit-elle avec une force surprenante chez elle, habituellement si douce. Vous êtes stupide !

Et, à son tour, elle se rua à l'intérieur de la maison.

Colby ne pouvait plus attendre de compréhension que de David. En entendant son petit rire, il se sentit un peu réconforté. Un membre au moins de cette famille était capable d'apprécier à sa juste valeur la sagesse de sa décision. Eût-il été un criminel que Stéphanie et Norah ne l'auraient pas traité avec plus de mépris ! Qu'est-ce qu'elles s'imaginaient ? Que ça lui avait été facile de laisser partir Valérie ? Les sottes ! Même à présent, il devait se cramponner à la balustrade pour se retenir de courir après elle.

Si encore elle ne lui avait pas souri au dernier moment. Du sourire le plus beau, le plus doux qui puisse exister. Un sourire qui le hanterait jusque dans la tombe.

— Je l'aime, murmura Colby, les yeux fixés sur l'allée où la voiture de Valérie avait depuis longtemps disparu.

— Je sais, dit David.

Pourtant, quelque chose dans le ton du vieil homme incita Colby à le regarder. Insinuait-il par hasard qu'il n'aimait pas suffisamment sa fille ? Mais, bon sang, bien sûr qu'il l'aimait ; plus que tout au monde ! Décidément, personne, pas même David, ne comprenait l'étendue de son sacrifice.

— Rowdy Cassidy sera pour elle un bien meilleur mari que moi, dit-il, se raidissant contre la souffrance que lui causaient ces paroles.

— J'en doute, dit David du même ton égal.

Il se dirigea vers son fauteuil à bascule et s'y installa commodément.

— Je ne sais pas si vous l'avez remarqué, mais Valérie et moi avons le même caractère.

Colby sourit. La ressemblance ne lui avait pas échappé. C'étaient deux personnes dont l'entêtement dépassait les limites de la compréhension ! Tous deux étaient en outre intelligents, intuitifs et travailleurs.

— Elle n'aurait pas pu être heureuse ici, dit Colby, son regard revenant malgré lui à l'allée déserte.

— Bien sûr, bien sûr. Après Houston, Valérie aurait eu du mal à se réaccoutumer à une petite ville...

Le fait que David abonde dans son sens aurait dû réjouir Colby. Ce ne fut pas le cas. Mais à quoi bon s'appesantir sur la question ? Dans l'état où il se trouvait, soutenir une conversation tenait du prodige. Pourtant, il ne parvenait pas à s'en aller.

— Vous ai-je déjà raconté dans quelles circonstances j'ai connu Grace ?

— Il me semble, répondit distraitement Colby.

Valérie devait se trouver maintenant à une dizaine de kilomètres d'ici.

— Notre rencontre a été pour le moins inhabituelle. Ce n'est pas donné à tout le monde de courtiser une femme sur son lit d'hôpital.

Colby hocha la tête. Avant peu, Valérie atteindrait l'autoroute où il serait impossible de la rejoindre. Ce qui n'avait pas grande importance étant donné qu'il n'avait aucune intention de lui courir après.

— Grace ne souhaitait pas m'épouser, poursuivit David. Et cela, pour plusieurs raisons. Toutes excellentes, dois-je ajouter. Elle m'aimait, de cela j'étais certain ; seulement, à ses yeux, l'amour ne suffisait pas à aplanir toutes les difficultés.

Les propos de David retinrent l'attention de Colby. Il détourna son regard de l'allée pour le reporter sur le père de Valérie. Ce dernier continuait de se balancer paresseusement, ni plus ni moins décontracté que s'il lui eût raconté sa dernière partie de pêche.

— Grace avait raison. Parfois, l'amour ne suffit pas, dit-il.

— C'était faux dans votre cas, marmonna Colby.

Maintenant, il comprenait où David voulait en venir.

Ce vieux renard essayait de lui faire reconnaître ses torts. Comme Norah et Steffie, mais avec davantage de subtilité.

— Pas complètement. Je savais qu'il me fallait changer pour que Grace m'accepte, seulement ce changement, je l'appelais de tous mes vœux parce que je savais une chose qu'elle ignorait.

— Quoi donc ?

— Tout au fond de moi, j'étais conscient de n'avoir jamais aimé quelqu'un autant que Grace. Je savais qu'elle était ma seule chance de bonheur sur la terre. J'aurais pu faire preuve de largesse d'esprit et lui laisser épouser quelque charmant jeune homme qui lui aurait apparemment mieux convenu. Beaucoup m'auraient remercié à deux genoux...

— Je vois.

— Il faut que je vous dise quand même que ce fut la pire décision que j'ai eu à prendre de ma vie. Epouser Grace, c'était comme relever un défi ; je ne l'ai cependant jamais regretté.

Colby hocha la tête. David n'avait jamais regretté sa décision, tant mieux pour lui ! Lui avait laissé le choix à Valérie, et Rowdy Cassidy l'attendait, impatient de le lui faire oublier.

A lui, il restait Sherry Waterman, ou Norah, toutes deux adorables. Et puis toutes les autres. L'ennui était que seule Valérie avait su allumer sa passion. C'était Valérie qu'il voulait, pas une autre.

— Ne vous faites pas de souci pour elle, disait David. Elle s'en remettra. En ce qui concerne Rowdy Cassidy, je ne pense pas que vous deviez vous tourmenter non plus.

— Que voulez-vous dire ?

— Je connais ma fille. Si, en fin de compte, Grace avait refusé de m'épouser, je serais retourné à mes occupations et j'aurais travaillé deux fois plus pour oublier; mais je ne serais pas tombé amoureux d'une autre. Ça, jamais!

Colby se taisait. A présent, Valérie s'engageait sur l'autoroute. Même s'il se lançait maintenant à sa poursuite, ils ne pourraient pas s'arrêter. De plus, que trouverait-il à lui dire qui n'ait déjà été dit?

David se leva.

— Une autre tasse de café?

— Non, merci. Je devrais déjà être parti.

— Alors, à mardi, dans votre cabinet! Et ne vous inquiétez pas pour moi, je suis en pleine forme!

Colby inclina la tête.

— Je l'espère bien.

Le dos un peu voûté, Colby descendit les marches du perron. Eh bien, voilà. Il était temps pour lui de reprendre sa vie là où il l'avait laissée en rencontrant Valérie Bloomfield.

Valérie refusait de pleurer. D'abord, elle avait horreur de ça. Même enfant, le contact de ce liquide chaud et salé le long de ses joues lui répugnait. Pourtant, elle avait l'impression qu'une main l'avait prise à la gorge et serrait, serrait...

Elle n'en voulait pas à Colby; elle ne pourrait jamais lui en vouloir. Il lui avait tellement apporté! Ne serait-ce que parce qu'il avait sauvé son père, elle chérirait toute sa vie son souvenir.

Jamais, non, jamais elle n'avait autant aimé un homme. Jamais elle ne s'était ainsi abandonnée. Il lui semblait qu'il faisait depuis toujours partie de sa vie, et de penser qu'elle n'avait fait sa connaissance que quelques semaines auparavant lui donnait le vertige.

Cette sensation de déchirement en le quittant était ce qu'elle avait expérimenté de plus pénible dans sa vie. Elle prit une profonde inspiration et dut lutter contre le désir insensé de faire demi-tour, de rentrer *chez elle*.

Elle essaya de se détendre, de se convaincre que tout irait mieux quand elle serait au Texas. Elle noierait son chagrin dans le travail, ce serait un dérivatif efficace... Valérie ne se rendit compte que ses larmes coulaient que lorsque la route se mit à onduler devant elle. Pour se distraire, elle tourna le bouton de la radio. Sur une musique country, un air nostalgique qui parlait d'amour perdu s'éleva.

— Quelle idiotie ! s'exclama-t-elle, pleurant de plus belle.

Et, d'un geste brusque, elle éteignit la radio. Elle essuya ses larmes d'un revers de main. Elle avait beau tenter de se persuader qu'elle était trop forte, trop indépendante, pour se mettre dans des états pareils, sa détresse n'en subsistait pas moins.

Ce fut en changeant de file qu'elle remarqua dans le rétroviseur une Buick beige qui doublait bien au-delà de la vitesse autorisée.

Colby ? Impossible !

Ce devait être une voiture qui ressemblait à la sienne. Jamais il ne se serait ainsi lancé à sa poursuite. Ce n'était pas son genre. Non, au cas bien improbable où il reviendrait sur sa décision, ce ne serait pas avant des mois. Colby n'était pas l'homme des élans spontanés.

La Buick ralentit et vint se placer derrière la voiture de Valérie. Elle la suivit un moment avant de mettre son clignotant. Si ses yeux n'avaient été embués de larmes, Valérie aurait au moins pu voir le visage du conducteur.

Un coup de Klaxon impérieux retentit. Il fallait que ce soit Colby. Tout de même, il ne s'attendait pas à ce qu'elle s'arrête sur l'autoroute ! Il y avait une bretelle à quelques kilomètres de là, elle l'emprunterait... Peu de temps après, la Buick toujours derrière elle, Valérie arrêtait sa voiture sur un parking. Elle eut à peine le temps de détacher sa ceinture que Colby ouvrait sa portière d'un geste brusque.

— Que fais-tu là ?

— Que veux-tu que je fasse ? J'essayais de te rattraper.

Toute tremblante, Valérie sortit de sa voiture et s'y adossa.

— C'est bien joli, mais j'ai un avion à prendre !

— Tu as pleuré.

— Une poussière sans doute.

— Dans les deux yeux ?

— Eh bien, oui ! Dans les deux yeux, répliqua Valérie, agacée.

Elle ignorait à quel jeu jouait Colby ; mais le fait était qu'elle avait épuisé sa réserve de patience.

— Je suppose que cette course-poursuite a une raison d'être, reprit-elle comme Colby se taisait.

— Oui.

Valérie croisa les bras et attendit. Quoi qu'il ait à lui dire, Colby paraissait dans l'embarras. Il se mit à faire les cent pas devant elle.

— C'est encore plus dur que je ne le craignais, finit-il par dire.

N'osant espérer, Valérie se taisait.

— Je n'arrive pas à croire que je sois responsable d'un tel gâchis. Ecoute...

Il la regarda bien en face.

— Il faut que tu reviennes aux Orchidées.

— Pourquoi ?

— Parce que je t'aime. Et tu m'aimes aussi, Valérie. Je crois que je n'avais pas compris à quel point jusqu'à présent. Quand je pense que tu as eu le courage de venir à moi, de mettre à nu tes sentiments, et que je t'ai repoussée. Je...

— Tu n'as pas besoin de t'excuser, tu sais.
— Je veux pourtant le faire.
Valérie n'avait pas la moindre idée de l'issue de tout cela. Elle prit une profonde inspiration.
— Et à présent ?
— Vas-tu revenir ?
— Nous pouvons très bien parler à l'aéroport.
— Je veux plus que parler, dit Colby entre ses dents. Je veux que tu m'expliques comment nous pouvons faire de notre histoire un mariage heureux. Parce que du diable si je sais comment m'y prendre ! Nous n'avons rien de positif à quoi nous raccrocher.
— En ce cas, pourquoi essayer ?
— Parce que, si tu me quittes, je n'aurai pas assez de toute mon existence pour le regretter. Le problème, c'est que je ne sais pas quoi faire. Tu as tellement bousculé mon univers que je n'arrive même plus à penser !
— Tu n'en parais pas heureux.
— Tu as raison, Valérie, je n'ai jamais été si malheureux de ma vie.
Pour la première fois, Valérie sourit.
— L'amour est un sentiment effrayant, n'est-ce pas ?
A son tour, Colby esquissa un timide sourire.
— C'est vivre sans amour qui m'effraie à présent.
— Oh, Colby...
— Dis-moi que nous allons nous marier, pria-t-il en approchant d'un pas.
— Nous allons nous marier, Colby.
— Et tu voudras continuer de travailler ?
— Oui, Colby. Je le voudrai.
— Et des enfants, en désires-tu ?
— Oh ! oui. Au moins deux.
Ça faisait vraiment un curieux effet de discuter de sujets aussi intimes avec Colby au bord d'une route passante.

— Et comment penses-tu concilier les rôles de mère et de cadre d'entreprise ?

— Et toi, comment concilieras-tu paternité et exercice de la médecine ? Je te rappelle que tu as également une carrière à mener.

— Tu ne peux tout avoir, Valérie.

— Toi non plus ! Et puis il ne s'agit pas forcément de choisir. De nos jours, bien des femmes mènent de front vie professionnelle et vie familiale.

— Je n'aime pas l'idée de voir nos enfants élevés par des étrangers...

— Franchement, moi non plus. Mais c'est peut-être là qu'il faut faire preuve d'imagination. Je pourrais, par exemple, m'installer un bureau à domicile. Avec les ordinateurs et les fax, tout est possible à présent. Il se pourrait que Rowdy souhaite créer une succursale de la CHIPS sur la côte Ouest, et je saurai bien le persuader de choisir l'Oregon, surtout s'il peut mettre une jeune femme dynamique aux commandes !

Colby hochait la tête.

— Je sais que je ne corresponds en rien au type de femme que tu souhaitais épouser ; mais que veux-tu que j'y fasse ? Je ne changerai pas. Si nous ne regardons pas les choses en face, notre mariage risque de courir à l'échec.

— Si tu savais comme je me moque de cette femme que j'ai inventée de toutes pièces ! Il n'y a que toi qui comptes à mes yeux, Valérie. Mais si tu me disais à ton tour ce que tu attends d'un homme...

— Je n'en sais rien ! répondit en souriant Valérie. Tu es le seul qui m'intéresse.

Enfin Colby se décidait à la prendre dans ses bras ! Il la serra avec un emportement qui la fit frissonner tout entière.

— Je ne pourrai jamais cesser de t'aimer, se plaignit Colby.

— Qu'y a-t-il de si terrible ?

— Rien. C'est ce qui m'arrive de plus merveilleux.

Son regard était tendre et possessif à la fois quand il la prit par les épaules.

— Je me suis montré stupidement prétentieux et égoïste. J'ai failli gâcher nos vies à tous les deux.

— Tais-toi.

— Te rends-tu compte que nous nous lançons à l'aventure ?

— Certes, mais ce sera la plus belle de notre vie.

Comme Colby se penchait vers Valérie, elle passa les bras autour de son cou. Et quand ses lèvres prirent les siennes, comme par miracle, chagrins et tourments s'anéantirent. Colby ne rompait leur baiser que pour reprendre haleine, mais revenait encore et toujours à sa bouche, comme s'il ne pouvait s'en rassasier. Une joie sans nom les submergeait.

Une voiture passa, klaxonnant avec insistance. A contrecœur, ils se séparèrent.

— Vous avez choisi un bien curieux endroit pour vous déclarer, docteur Winston ! fit remarquer Valérie.

— Nous pourrions peut-être envisager une célébration plus intime, avec champagne et bague de fiançailles ?

Valérie se contenta de hocher la tête. Son cœur était trop plein d'amour pour qu'elle puisse parler.

Lorsque, beaucoup plus tard dans l'après-midi, la Buick de Colby s'arrêta devant la grande maison coloniale, David était assis sous la véranda dans son fauteuil à bascule.

— As-tu dit à papa que tu partais à ma poursuite ? demanda Valérie.

— Je ne le savais pas moi-même ! Je ne m'en suis rendu compte qu'une fois sur l'autoroute, appuyant comme un fou sur la pédale d'accélération !

Valérie glissa sa main dans celle de Colby.

— Quand tu m'as rattrapée, on aurait dit que tu voulais m'arracher les yeux de la tête.

— Je ressemblais surtout à un homme qui ne trouve pas de mots assez forts pour se maudire.

— Parce que tu cherchais à me rejoindre ?

— Non, pour t'avoir laissée partir.

Valérie posa un baiser sur le coin de la bouche de Colby ; il poussa un gémissement.

— Je préférerais que nos fiançailles ne durent pas trop longtemps ! Plus tôt nous serons mariés, mieux ce sera.

— Avis entièrement partagé !

Colby embrassa légèrement les lèvres de sa compagne.

— Tu sais que je soupçonne ton père de n'avoir pas bougé depuis ton départ !

Comme celui-ci paraissait lointain... Il semblait à Valérie qu'elle avait quitté la maison familiale depuis une éternité. Il avait fallu rendre la voiture à l'agence de location de Portland ; puis ils avaient fêté leurs retrouvailles au restaurant ; ensuite Colby avait entraîné Valérie dans une bijouterie afin qu'elle choisisse sa bague de fiançailles. En la contemplant, ravie, à son doigt, Valérie avait l'impression de l'y avoir toujours vue.

— Eh bien, vous en avez mis un temps !..., dit David tandis que Colby aidait Valérie à sortir de la voiture. Pour un peu, j'allais finir par m'inquiéter.

— Comment aviez-vous deviné que nous reviendrions ?

— Avant même que vous ne partiez, Colby, je savais que vous ramèneriez Valérie aujourd'hui même.

— C'est impossible !

Valérie s'attendait à une protestation de la part de son père mais il se contenta de sourire d'un air mystérieux.

— Il va encore nous parler de son rêve, chuchota Valérie en passant un bras autour de la taille de Colby qui la serra contre lui.

— L'amour a été un coup de tonnerre dans vos existences, dit David, agitant l'index dans leur direction. Mais l'avenir vous réserve d'autres surprises. Attendez un peu que mes jumeaux de petits-fils soient nés !

— Des jumeaux ? répéta Colby, incrédule.

— Des jumeaux, parfaitement ! Et vous les prénommerez d'après leurs deux grands-pères. Le blond sera David et nous nous ressemblerons comme deux gouttes d'eau.

— Des jumeaux..., dit encore Colby.

— Qui sait ? fit Valérie en riant. Les surprises ne me dérangent pas pourvu que je les partage avec toi.

Le regard de Colby se posa sur la jeune femme, rempli d'une telle tendresse qu'elle sut que son père avait raison. L'amour les avait pris au dépourvu, mais c'était le plus beau cadeau que la vie pouvait leur offrir.

les coffrets LES JEUX d'Harlequin

Pour les amateurs de mots croisés, fléchés, codés et autres quizz, Harlequin a imaginé une nouvelle collection intitulée ***LES JEUX d'Harlequin***, réunissant dans un coffret, 2 romans et un supplément jeux gratuit de 24 pages, tout en couleur avec de nombreux cadeaux à gagner !

Ce mois-ci, nous vous proposons de découvrir le coffret ***LES JEUX d'Harlequin*** *Mariage*.

Laissez-vous prendre au jeu, et notez d'ores et déjà vos prochains rendez-vous :

- *le 1er août 2000*
  LES JEUX d'Harlequin Spécial Voyage
- *le 1er novembre 2000*
  LES JEUX d'Harlequin Noël

Collection Désirs

HARLEQUIN

Le 15 avril

Coffret
“3 romans pour le prix de 2”

Ne manquez pas notre coffret “3 romans pour le prix de 2”, composé de 2 romans inédits de la collection Désirs, ainsi que d’un roman de la collection Rouge Passion, spécialement réédité pour vous et gracieusement offert.

Offres spéciales Harlequin

En mai, les mamans seront à l'honneur avec des coffrets pleins de tendresse, d'émotion et d'amour.

Découvrez, le 1er mai

Vos romans Coup de Cœur Entre mère et fille...

Entre mère et fille naît au fil des années une tendre complicité. La maman câline devient une amie, une confidente à qui l'on peut tout raconter : les peines, les joies, le premier amour... Certes, des conflits viennent parfois assombrir ces bonnes relations, mais entre mère et fille, les sentiments ne sont-ils pas toujours les plus forts ? Sur un thème orignal, ces *Romans Coup de Cœur* vous entraîneront dans de passionnantes histoires d'amour.

le coffret Fête des Mères

Jeunes, dynamiques, modernes, les mamans de ce coffret mènent leur vie tambour battant. Pour Kate et Jessica, seul compte le bonheur de leurs enfants. Pas question pour elles de retomber sous l'emprise d'un homme ! Du moins le croient-elles... Quant à Emily, la troisième héroïne de ce coffret, être maman sera une expérience toute nouvelle, et ô combien émouvante, puisqu'elle va trouver grâce au séduisant Jason, non seulement l'amour, mais aussi, avec ses quatre neveux et nièces, une vraie famille sur mesure...

VOTRE PROCHAIN RENDEZ-VOUS AVEC LES BEST-SELLERS HARLEQUIN

Le 1er mai 2000 :
3 romans inédits + 1 roman réédité

L'INVITATION, de Heather Graham Pozzessere • N°112

Lavé de tout soupçon dans l'affaire du meurtre de sa femme, l'auteur à succès Jon Stuart n'oublie pas qu'un criminel est toujours en liberté. Et que ce criminel est forcément l'un des invités qu'il recevait dans son château trois ans plus tôt, quand le drame a eu lieu. Désormais prêt à confondre le coupable, il rassemble les convives d'autrefois sous le prétexte d'un jeu de rôles...

Menace sur une passion, de Mary Lynn Baxter • N°113

Entre Blythe, la jeune veuve, et Ryker Delaney, l'inspecteur, rien ne va plus. Il faut dire que leur rencontre ne date pas d'hier : il y a quelques années, Delaney l'a harcelée pour lui faire avouer un crime qu'elle n'a pas commis, et voilà qu'aujourd'hui, son mari est retrouvé mort. Assassiné. La suspecte numéro un et l'enquêteur sont à nouveau en présence, ennemis dont la relation se transforme en conflit douloureux à mesure qu'un désir sexuel les attire irrésistiblement l'un vers l'autre. Ce qui n'empêche pas Delaney d'arrêter Blythe sur de simples présomptions...

LES BEST-SELLERS HARLEQUIN

Les rubis de la vengeance, de Nora Roberts • N°114

Depuis que son père est mort en cherchant un somptueux collier de rubis et de diamants au fond d'une épave, en mer des Caraïbes, Matthew Lassiter s'est juré de poursuivre la chasse au trésor. Ce n'est pas tant la convoitise qui le pousse, que le désir de se venger d'un homme, qu'il croit responsable de la mort de son père. En compagnie de riches vacanciers rencontrés aux Caraïbes, et de leur ravissante fille de vingt ans, Matthew entreprend de sonder les abysses en quête du joyau. Un joyau qu'on appelle "la malédiction d'Angélique" et qui, dit-on, porte malheur à quiconque tente de se l'approprier. Mais, aveuglé par son désir de vengeance, Matthew ne prête aucune attention à cette prophétie de sorcière...

La fleur de la honte, d'Erica Spindler • N°60

Issue de plusieurs générations de femmes de petite vertu, Hope est prête à tout pour échapper à cette lignée qu'elle hait. La chance se présente à elle sous les traits de Philippe St. Germaine, un homme de la haute société qu'elle parvient à tromper sur ses origines et à épouser. Mais la venue d'un enfant – une fille ! – réveille la haine qui la ronge et condamne la petite Glory à porter sans le savoir le poids de ce terrible passé...

OFFRE RÉSERVÉE AUX NOUVELLES ABONNÉES

ABONNEZ-VOUS À HARLEQUIN

recevez un cadeau de bienvenue et des livres gratuits!

Choisissez parmi les collections suivantes :

SIXIÈME SENS : Au-delà du réel, il y a encore l'amour...
2 romans de 224 pages par mois. 23,30 F l'un.

AZUR : La grande tradition du roman sentimental.
6 romans de 160 pages par mois. 17,40 F l'un.

HORIZON : Mariage, tendresse et fantaisie.
6 romans de 160 pages par mois. 17,40 F l'un.

ROUGE PASSION : Des scénarios inattendus, des séducteurs à conquérir. 6 romans de 192 pages par mois. 17,90 F l'un.

AMOURS D'AUJOURD'HUI : Les drames de la vie, la force de l'amour. 3 romans de 288 pages par mois. 26,50 F l'un.

BLANCHE : La médecine pour passion, l'amour pour vocation.
3 volumes doubles de 320 pages par mois. 28,70 F l'un.

LES HISTORIQUES : Le tourbillon des siècles, le souffle de la passion. 2 volumes de 352 pages tous les mois. 30,20 F l'un.

BEST-SELLERS : Des best-sellers américains, des grands noms de la fiction féminine.
3 volumes de plus de 350 pages tous les 2 mois. 32,80 F l'un.

Participation aux frais de port : 7,10 F par colis.

VOS AVANTAGES

1. Vous bénéficiez de 5 % de réduction.
2. Vos livres sont envoyés en avant-première, directement chez vous, 20 jours environ avant leur en sortie en librairie.
3. Vous pouvez annuler ou modifier votre abonnement à tout moment.

Si vous désirez continuer votre abonnement, vous n'aurez rien à faire! Vous recevrez régulièrement vos romans accompagnés de la facture correspondante. Bien sûr, vous restez libre d'annuler votre abonnement à tout moment par simple lettre.

TITRE PRIVILEGIÉ D'ABONNEMENT

à compléter et à retourner sous enveloppe affranchie.

OUI, je désire profiter de votre offre spéciale. J'ai bien noté que je recevrai d'abord gratuitement un colis de livres ainsi qu'un cadeau mystère. Ensuite, je recevrai un colis payant régulièrement.

Je choisis la collection que je souhaite recevoir.
(☒ cochez la case de votre choix) :

- ❒ **SIXIÈME SENS** 2 volumes/mois SIXS02
- ❒ **AZUR** 6 volumes/mois AZUR06
- ❒ **HORIZON** 6 volumes/mois HORI06
- ❒ **ROUGE PASSION** 6 volumes/mois RPAS06
- ❒ **AMOURS D'AUJOURD'HUI** 3 volumes/mois AMDA03
- ❒ **BLANCHE** 3 volumes doubles/mois BLAN03
- ❒ **LES HISTORIQUES** 2 volumes /mois HIST02
- ❒ **BEST-SELLERS** 3 volumes tous les 2 mois BEST03

J'ai bien noté que cette offre est strictement réservée aux nouvelles abonnées.

❒ Mme ❒ Mlle date d'anniversaire ⎣⎦⎣⎦ ⎣⎦⎣⎦ 19⎣⎦⎣⎦

Nom : ______________________________

Prénom : ______________________________

Adresse : ______________________________

____

C.P. : __________ Ville : ______________________________

Service Lectrices HARLEQUIN/ Cédap - BP77 - 94232 Cachan Cedex
Tél : 01 45 82 47 47
Du lundi au vendredi de 9h à 17h.

Conformément à l'article 27 de la loi 78-17 du 06.01.78 vous disposez d'un droit d'accès et de rectification vous concernant sur notre fichier clientèle. Offre valable en France métropolitaine uniquement, pour les nouvelles abonnées et jusqu'au 31 décembre 2000. Prix susceptibles de changement. Harlequin SA - 83/85 boulevard Vincent Auriol - 75646 PARIS Cedex 13 - RC Paris. Siret 31867159100010.
Votre colis gratuit vous parviendra 20 jours environ après réception de votre titre d'abonnement.

Tarif pour la Suisse sur simple demande au 00 33 1 45 82 44 26

mlgrt

L'ASTROLOGIE EN DIRECT TOUT AU LONG DE L'ANNÉE.

Par téléphone 08.36.68.41.01

- Votre horoscope jour par jour, mois par mois.
- L'astrologie de votre couple.

Par minitel : 3615 HARLEQUIN

- La voyance en direct : posez votre question et bénéficiez d'une consultation en direct.
- Votre horoscope jour par jour.
- L'astrologie de votre couple.

2,23 F la minute.

Serveur SCESI

Composé sur le serveur d'Euronumérique, à Montrouge
par les Éditions Harlequin
Achevé d'imprimer en mars 2000
sur les presses de l'Imprimerie Bussière
à Saint-Amand-Montrond (Cher)
Dépôt légal : avril 2000
N° d'imprimeur : 267 — N° d'éditeur : 8107

Imprimé en France

Collection Amours d'Aujourd'hui

Découvrez **gratuitement**, ce mois-ci, la passionnante **saga**

Les Héritiers

Avec **Les Héritiers**, *vous suivrez au fil des mois l'histoire captivante des Fortune, un clan puissant dont l'éclatant succès dans l'industrie prestigieuse des cosmétiques suscite à la fois envie et jalousies. Mais aussi les aventures amoureuses des héritiers de cette dynastie, des hommes et des femmes à la personnalité complexe et attachante.*

Le premier roman *Les Héritiers* vous est offert dans un coffret *Amours d'Aujourd'hui* très attractif constitué de 2 romans pour le prix d'1 !